KYO YONESHIRO

KANON
AU BOUT DU MONDE

AND HE
ARRIVED
AT THE
KANON

3

VOLUME
THREE

SOMMAIRE

AND HE ARRIVED AT THE KANON

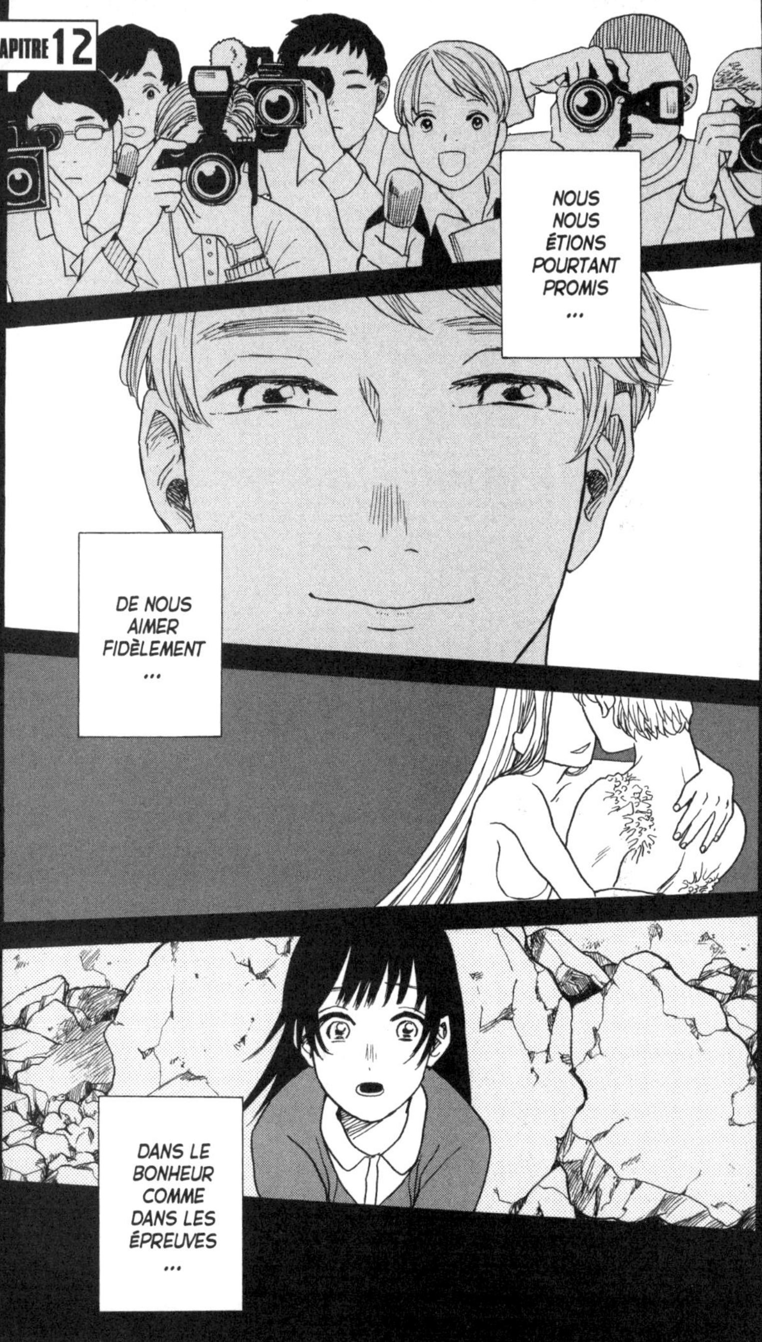
CHAPITRE 12
NOUS NOUS ÉTIONS POURTANT PROMIS ...
DE NOUS AIMER FIDÈLEMENT ...
DANS LE BONHEUR COMME DANS LES ÉPREUVES ...

CLAC
CLAC
MADAME HATSUHO SAKAI, CHERCHEUSE ÉMÉRITE DU COMITÉ SLC, A RÉUSSI À BLOQUER LES MUTATIONS DUES À LA RÉGÉNÉRATION
CLAC
SI NOUS PARVENONS À METTRE EN PRATIQUE LE PROTOCOLE ÉTABLI EN LABORATOIRE, CELA POURRAIT NON SEULEMENT AMÉLIORER LA VIE DES AGENTS DE NOTRE UNITÉ SPÉCIALE, MAIS AUSSI DÉBOUCHER SUR DE RÉELLES AVANCÉES MÉDICALES
CLAC
SI J'AI PU RÉALISER CETTE PROUESSE ...
C'EST PARCE QUE JE VOULAIS ABSOLUMENT SOULAGER MON MARI, QUI EST UN AGENT DE L'UNITÉ SPÉCIALE

MONSIEUR SAKAI !
CLAC
QUE PENSEZ-VOUS DES EXPLOITS DE VOTRE ÉPOUSE ?
UN MOT, S'IL VOUS PLAÎT !
CLAC
LES GENS NE VOIENT QUE CE QU'ILS ONT ENVIE DE VOIR.

SEP-TEMBRE DERNIER
IL Y A DEUX MOIS, J'AI RETROUVÉ UNE FILLE DE MON LYCÉE.
ÇA TE FERA 780 YENS
VRRT

À LA PROCHAINE, KANON !
OH ZUT ...
J'AI OUBLIÉ UN TRUC ...
CRII

FSHH
BLAM
SPASM
?
ELLE L'A FOUTU DANS SA POCHE ...
JE RÊVE ...

Mais oui, c'est lui !
CLAC
INCROYABLE ! J'AI VU SÔSUKE SAKAI SE BALADER À LA SURFACE ! \(*O*)/
ENCORE UNE PHOTO DE TOI SUR LE NET ...
SÔSUKE SAKAI : SON PORTRAIT
SÔSUKE SAKAI

LES GENS N'ONT QUE ÇA À FAIRE ?
JE SAIS ...
ET ALORS ? SI ÇA LEUR FAIT PLAISIR !
MOI, JE NE FAIS MÊME PLUS ATTENTION ...
GWI
TU AS TORT, SÔSUKE ! TU DOIS PROTESTER SI ÇA TE DÉRANGE !

APPRENDS UN PEU ...
À RESPECTER TES SENTIMENTS ...
D'AUTANT QU'ILS VONT CHANGER !
OUI, MA CHÉRIE ...
CLAC
ZUT, C'EST COMPLÈTEMENT FLOU !
OH NON, IL S'EN VA !
POURVU QU'IL SE RETOURNE !

FAIS-LEUR UN SOURIRE !
MAIS ÇA ME GÊNE ...
HA HA !
FAIS PAS TON TIMIDE, SÔSUKE !
EN FAIT, JE NE SUPPORTE PAS CES FILLES QUI SE CROIENT TOUT PERMIS ...
ET PRENNENT DES PHOTOS DE MOI ...
COMME SI ELLES ÉTAIENT EN PLEIN SAFARI ...
EN OUBLIANT QUE JE SUIS UN ÊTRE HUMAIN.

JE TROUVE ÇA CARRÉMENT LÂCHE.
JE T'AIME, SÔSUKE !
ÇA ALORS ...

OCTOBRE DERNIER
B 507
境
SAKAI
TAP TAP
TAP TAP
OH ...
DÉJÀ RENTRÉE, HATSU ?
BLAM
FRSH FRSH
BONSOIR, SÔSUKE !
JE DOIS PARTIR TOUT DE SUITE POUR L'ANGLETERRE !
HEIN ?
MAIS TU AS L'AIR CREVÉE ...
ÇA IRA ?
Tu ne quittes plus ton labo ...
GNIH
MAIS OUI !

MES TRAVAUX AVANCENT ENFIN !
JE VAIS ALLER VOIR LE PROFESSEUR EAGLETON ...
LE SPÉCIALISTE MONDIAL DES MUTATIONS LIÉES À LA RÉGÉNÉRATION !
IL A ENFIN ACCEPTÉ DE ME RECEVOIR !
ALORS JE NE SERAI PAS AU JAPON ...
POUR TON ANNIVERSAIRE ...
TU M'EN VEUX ?

MAIS NON !
BON COURAGE, HATSUHO !
ENCORE UNE QUI N'A RIEN COMPRIS ...
JE COMPTE SI PEU POUR ELLE ?
C'EST POUR TOI QUE JE FAIS ÇA !
AH OUI ?
PARLE POUR TOI, HATSUHO !

EN FAIT, TU NE SUPPORTES PAS QUE JE CHANGE.
ALORS FÊTE-LE-MOI, MON ANNIV !
TANT QU'À FAIRE...
MAIS QU... QU... QU'EST-CE QUE TU RACONTES ?!
EN FAIT, TU ME TAQUINES, C'EST ÇA ?
JE PRÉFÈRE CETTE NANA QUI SEMBLE N'AVOIR RIEN DANS LA TÊTE.

C'EST PARCE QUE ...
JE N'AI PAS ÉVOLUÉ ...
ÇA, C'EST SÛR
ET MA VIE TOURNE EN ROND ...
AU MOINS, TU LE SAIS.
BREF, JE N'AI PAS CHANGÉ ...
BEN JUSTEMENT ...
JE N'AIME PAS LES GENS QUI NE CHANGENT PAS.

CES GENS-LÀ AIMENT S'ABREUVER DE FAUX ESPOIRS.

DE TOUTE FAÇON, TOUT SENTIMENT EST ÉPHÉMÈRE ...
OH LÀ LÀ ...
TOUTES LES DONNÉES SONT PERDUES ...

OÙ L'AVEZ-VOUS FAIT TOMBER ?
DANS L'EAU ...
...
C'EST FOUTU ?
OUI, JE LE CRAINS ...

JE SAIS QUE TU SOUFFRES DE TON INSTABILITÉ AFFECTIVE ...
TU N'ES PAS CE GENRE DE PERSONNE !
TCHAC
BLAM
TAP TAP
TCHAC
TAP TAP TAP TAP
BLAM
TAP
DOM DOM
TCHAC
BLAM

FSHHH
SÔSUKE ...
...
BEN ...
ON A UNE DEMANDE D'INTERVIEW
EN FAIT ...
ON NOUS DEMANDE DE PARLER DE NOTRE COUPLE ...

TU COMPTES BOUDER ENCORE LONGTEMPS ?
TU SAIS ...
TU AS ÉTÉ UN BON MARI ...
ALORS TU N'AS QU'À CONTINUER À JOUER L'ÉPOUX EXEMPLAIRE ...
TAP TAP
BLAM
PLOF
BREF, JE N'AI PAS LE DROIT DE CHANGER.
ÇA TE FAIT PEUR ?

ZWO
TU AS L'IMPRESSION DE DEVENIR TOI-MÊME UNE GELÉE, C'EST ÇA ?
MAIS DIS-TOI BIEN QUE LES GELÉES SONT DES CRÉATURES D'UN GENRE NOUVEAU !
TU ES DONC À LA POINTE DE L'ÉVOLUTION BIOLOGIQUE DE L'ESPÈCE HUMAINE !
QUAND ON ÉTAIT ENCORE JEUNES MARIÉS...

MOI, J'AIME TON CORPS ...
TU ME RÉCONFORTAIS SOUVENT EN ME DISANT ÇA ...
PARCE QU'IL OUVRE LA PORTE À DE NOUVEAUX HORIZONS ...
PLIC
PLIC
PLOC
ZWOOO
PLIC

SI UN JOUR TES SENTIMENTS COMMENCENT À CHANGER ...
JE SERAI LÀ POUR LES EN EMPÊCHER ...
MAIS AUJOURD'HUI ...
BAAM
NE T'EN FAIS PAS ...
ET NOUS DEUX, ON SERA TOUJOURS ENSEMBLE !
PAF PAF PAF PAF PAF PAF

CES MOTS SONNENT COMME UNE MALÉ-DICTION.
BAAM

À PRÉSENT
BRAVO, HATSUHO ! TOUTES NOS FÉLICITATIONS POUR TES DÉCOUVERTES !!
MERCI !!
Ha ha ha !
À ta santé !
Attention ! Tu vas en renverser !
Ha ha !

QU'EST-CE QUE TU FAIS DANS TON COIN ?
BEN ... JE ME FAIS DISCRET ...
AH OUI ?
TU DEVRAIS POURTANT ...
GWIP
ÊTRE FIER DE TA FEMME !
CERTES, SES EXPÉRIENCES N'ONT ENCORE ÉTÉ VALIDÉES QU'EN LABO ...
MAIS C'EST DÉJÀ FABULEUX !
ALORS VA LA FÉLICITER, SÔSUKE !
TA
AP
!
AH !
LE V'LÀ !
ON T'ATTENDAIT, SAKAI !

ALLEZ, BOIS !
BRAVO POUR HATSUHO !
Ha ha ha !
L'AMOUR DONNE DES AILES, HEIN !
Bla bla !
LE MONDE ENTIER VA EN PARLER !
C'EST GÉNIAL !
LES MÉDIAS VONT TE DEMANDER ...

"ALORS ? EST-CE POUR VOTRE MARI QUE VOUS FAITES ...
TOUTES CES RECHERCHES ?"
HA HA !
QU'EST-CE QUE TU EN DIS, SÔSUKE ?
EN TOUT CAS, BRAVO HATSUHO !
EN PLUS, À SON ÂGE !
C'EST GÉNIAL !
PAS VRAI, SAKAI ?!
HEIN ?

LES ÉPOUX DOIVENT SE SOUTENIR ...
L'UN L'AUTRE ...
TOUT AU LONG DE LEUR VIE ...
OUI ...
HATSUHO L'A BIEN MÉRITÉ ...
VOILÀ CE QU'ATTEND LA SOCIÉTÉ.
BAH, C'EST POUR TOI, SÔSUKE ...
MAIS ELLE N'ADMETTRA JAMAIS ...

QUE MES SENTIMENTS PUISSENT CHANGER.
JE VOIS…
C'EST DONC ÇA, TA FAÇON DE FAIRE…
FÉLICITATIONS, HATSUHO !
ACTUALITÉS
ACTUALITÉS
TOUS ACTUALITÉS IMAGES VIDÉOS MAPS PLUS
MAIL ACTU SPORTS FINANCES PEOPLE
L'AMOUR AU SERVICE DE LA SCIENCE
MME HATSUHO SAKAI DU SLC A RÉUSSI À METTRE AU POINT UN PROTOCOLE POUR CONTRÔLER LES INSTABILITÉS SENTIMENTALES DUES À LA RÉGÉNÉRATION.
▲ M. ET MME SAKAI
CELA TOMBE BIEN CAR SON MARI, M. SÔSUKE SAKAI, EST UN AGENT DE L'UNITÉ SPÉCIALE DU SLC, ET EST DONC SOUVENT APPELÉ À COMBATTRE LES GELÉES.
IL EST DONC POTENTIELLEMENT SUJET À CES FLUCTUATIONS PSYCHOLOGIQUES.
CHAP.12 FIN

KANON
AU BOUT DU MONDE

CHAPITRE 13

ÇA FAIT UNE SEMAINE ... TROIS SEMAINES ... UN MOIS ...
QUE J'ATTENDS EN VAIN UN APPEL DE SÔSUKE ...
LE COUPLE IDÉAL
LE MIRACLE DE L'AMOUR
ENSEMBLE DEPUIS LEURS ANNÉES D'ÉTUDES
SÔSUKE FAIT-IL SEMBLANT DE NE PAS ME CONNAÎTRE ?
OU M'AURAIT-IL TOUT SIMPLEMENT OUBLIÉE ?
SI C'ÉTAIT POUR EN ARRIVER LÀ, IL N'AURAIT PAS DÛ ME DONNER DE FAUX ESPOIRS.

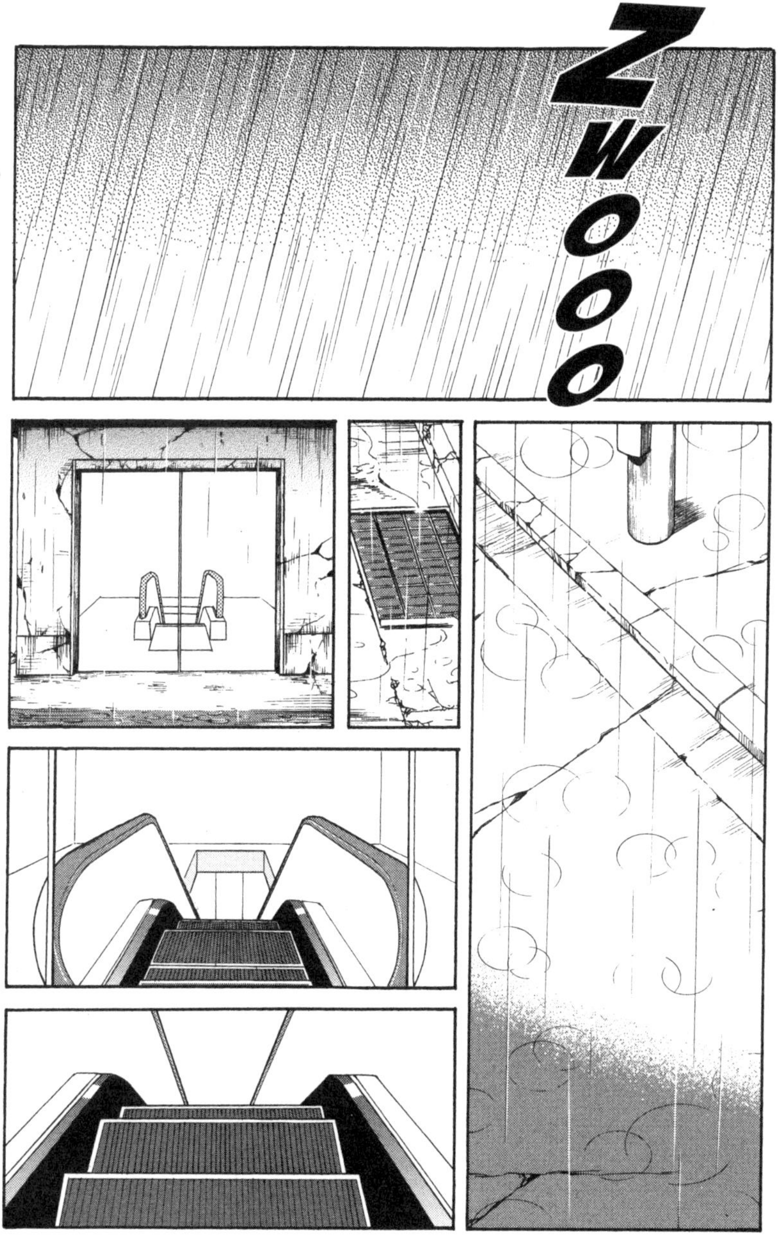
ZWOOOO

TOUZ

M...
MAIS ... FRANGINE ...

DOM DOM
DOM DOM DOM
DOM DOM
C'EST QUOI, CET ACCOUTREMENT ?!
DOM DOM DOM DOM DOM
NE ME DIS PAS QUE C'EST UNE IMITATION DE HATSUHO ?!
BAM
AÏE !
MAIS QU'EST-CE QUI TE PREND ?!
T'AS PERDU LA TÊTE POUR DE BON ?!
PAS DU TOUT ! ALORS ARRÊTE DE ME ZIEUTER !

ET D'ABORD, QU'EST-CE QUE TU FICHES LÀ, HIRO ?! T'ES CENSÉ NE PAS AIMER LE MONDE D'EN BAS !
ÇA M'ARRIVE D'Y FAIRE UN TOUR, TU SAIS ...
HAA HAA
PLIC PLOC
J'AI HONTE DE MOI ...
APPELLE SÔSUKE SI TU TE SENS SI MAL !
MAIS COMMENT VEUX-TU QUE J'APPELLE QUELQU'UN QUI ÉTALE SON BONHEUR CONJUGAL À TOUT BOUT DE CHAMP ?!
TU PEUX JUSTE LUI ...
NON, JE NE PEUX PAS LUI PARLER SANS AVOIR D'ARRIÈRE-PENSÉE !
O.K., O.K. !
MAIS DIS-MOI POURQUOI ...
TU IMITES SA FEMME ?
...
EN PLUS ...
C'EST PAS TRÈS RÉUSSI ...

LES CHEVEUX DE HATSUHO ...
NE REBIQUENT PAS
SPROTCH SPROTCH
SPROTCH
EN PLUS, ELLE SE TIENT DROITE ET NE S'HABILLE PAS COMME UN SAC
AU POINT OÙ TU EN ES ...
TU VOUDRAIS PAS QUE JE TE FASSE UN RELOOKING COMPLET ?
HEIN ?
D'ABORD, LES CHEVEUX !
Gree Hair Salon
ENSUITE, LE MAQUILLAGE !
La même tête qu'elle, s'il vous plaît !
Euh ...
Et pour les fringues ?
Voici la photo la plus récente de Hatsuho !
...
Elle a été prise lors de sa dernière interview ...
Ah ouais ?
Oh ! Ce sont ses boucles d'oreilles fétiches !
Ah oui ...
Elle ne porte que des talons de plus de cinq centimètres !
Ah ...

CLA
AAC

CLAAC
CLAAC
MAIS ...
HATSUHO NE PREND JAMAIS CE GENRE DE POSE !
CLAAC
JE FAIS ÇA POUR CACHER MA TIMIDITÉ, GROS BÊTA !
C'EST UN COSPLAY DE HATSUHO SAKAI
Ah bon ?
CHUT, HIRO !
HATSUHO EST UNE STAR ...
MES VENDEUSES EN SONT TOUTES FANS !
IL FAUT DIRE QUE SA ROMANCE AVEC SÔSUKE SAKAI ...
A DE QUOI FAIRE RÊVER TOUTES LES FEMMES !

AH, ENFIN À LA SURFACE !
OUI ...
ON EST MIEUX, ICI ...
EN BAS, J'AVAIS L'IMPRESSION DE FAIRE TACHE ...
...
ON REMONTE LÀ-HAUT ?
OUI ...
ZWOOOOO

ON SE MATE UN FILM, FRANGINE ?
OH ! ÇA ALORS !!
STAGECOACH
QUAND J'ÉTAIS AU LYCÉE...
JE VENAIS SOUVENT ICI POUR SÉCHER...
LES COURS !
AH BON ? BEN...
MOI AUSSI !
QUELLE FAMILLE !
RÉDUCTION POUR COUPLES
1600 yens par personne si vous venez à deux

UN ADULTE ET UN ÉTUDIANT, S'IL ...
NON, LA PROMO SPÉCIALE "COUPLE, S'IL VOUS PLAÎT" !
Adulte : 1800 yens
Étudiant : 1500 yens
Couple : 1600 yens par personne
C'EST MOINS CHER COMME ÇA !
ENCORE TRENTE MINUTES AVANT LE DÉBUT DE LA SÉANCE ...
TU FAIS QUOI ?
DEVINE !
J'ai trouvé une craie par terre
UNE MARELLE ?!
HÉ HÉ ...
COMME AU BON VIEUX TEMPS ...

TU TE SOUVIENS ? LE PREMIER JOUR DE SOLEIL APRÈS LE CATACLYSME ...
ON EST ALLÉS DEHORS POUR FAIRE LES FOUS !
LES ADULTES ÉTAIENT TROP ABATTUS ...
POUR NOUS GRONDER !

...
EST-CE QUE TU GARDES UN SOUVENIR TRISTE DE CETTE PÉRIODE, FRANGINE ?
BEN, JE VENAIS DE PERDRE MES PARENTS ...
TU N'ARRÊTAIS PAS DE DIRE QUE TU VOULAIS RENTRER CHEZ TOI ...
ALORS ON A FINI PAR Y ALLER EN CACHETTE ...
JE M'EN SOUVIENS ! ON SE CONNAISSAIT À PEINE !
MAIS ...
QUAND J'AI VU LES RUINES DE TA MAISON ...
JE ...
JE ME SUIS DIT QUE TU ALLAIS POUVOIR RESTER CHEZ NOUS ...
ALORS TU ÉTAIS CONTENT ?

J'AVOUE QUE OUI ...
JE TE PARDONNE !
PAF PAF

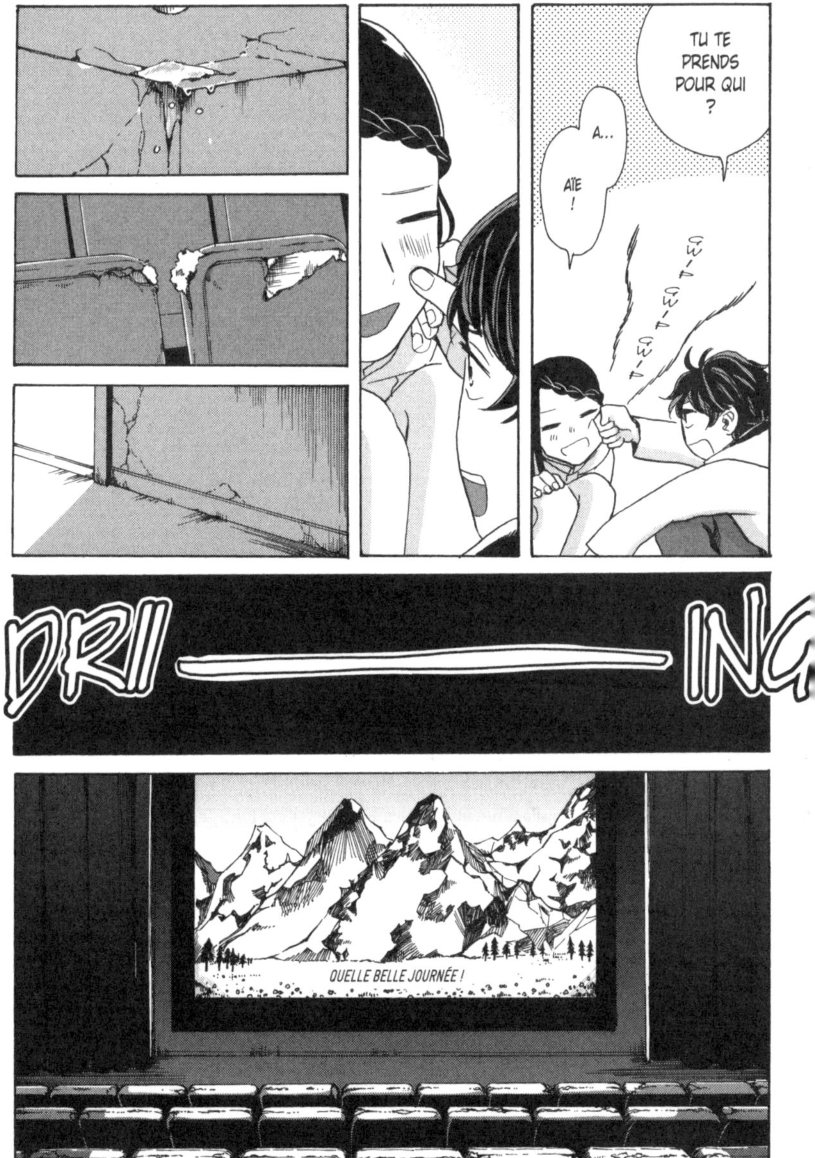
TU TE PRENDS POUR QUI ?
A... AÏE !
DRII——ING
QUELLE BELLE JOURNÉE !

DES FLEURS ...
J'AIMERAIS BIEN LES VOIR EN VRAI ...
TOI, FRANGINE ...
TU AIMES ÇA ...
NON ?
HEIN ?
MOI, J'EN AI DÉJÀ VU ...
C'EST MÊME SÔSUKE QUI ME LES A MONTRÉES

MAIS MAINTENANT ...
C'EST MAL ÉCLAIRÉ PAR ICI ...
J'AI BIEN AIMÉ LE FILM !
OH, IL FAIT DÉJÀ NUIT !

TU T'AD-MIRES ?
HÉ HÉ ...
J'AI UN PETIT AIR DE HATSUHO, PAS VRAI ?
J'AI ENVIE DE FAIRE DES EFFORTS ...
POUR SOIGNER MON LOOK !
MOI, JE TROUVE QUE ...
TU N'EN AS VRAIMENT PAS BESOIN ...
MAIS SI !
JE VEUX QU'ON ME REMARQUE UN PEU PLUS !

MÊME SI C'EST CLAIR QU'ENTRE SÔSUKE ET MOI, C'EST PERDU D'AVANCE ... Y AVAIT AUCUNE CHANCE QU'IL TOMBE AMOUREUX D'UNE SIMPLE VENDEUSE À TEMPS PARTIEL, SURTOUT AUSSI INSIGNIFIANTE ET MAL ASSURÉE QUE MOI
JE LE SAVAIS PARFAITEMENT.
C'EST POUR ÇA QUE ...
J'AI LONGTEMPS REFUSÉ DE CROIRE ...
À SES DOUCES PAROLES ...
...
ON Y VA ?
MAMAN DOIT ÊTRE DÉJÀ RENTRÉE !
AÏE !

GRAB
JE
...
JE T'AIME, FRANGINE !

MOI, JE SAURAIS TE RENDRE ...
BEAUCOUP PLUS HEUREUSE QUE L'AUTRE GUS !

HIRO ...
LÂCHE MA MAIN !

JAMAIS SÔSUKE NE M'A ORDONNÉ ...
DE LUI LÂCHER LA MAIN.

MAIS IL AURAIT DÛ !
MOI QUI AI ÉTÉ TRAUMATISÉE PAR L'ATTITUDE BLESSANTE DE SÔSUKE ...
JE SUIS EN TRAIN DE FAIRE SUBIR À HIRO ...
LE MÊME SENTIMENT DE REJET ...
QUE CELUI QUI M'A TANT MEURTRIE ...
...

J'AI JUSTE VOULU TE REMONTER LE MORAL, C'EST TOUT ! INTÉRESSE-TOI AUX AUTRES ! SOIS PLUS POSITIVE !
!!
VOILÀ CE QUE JE VOULAIS... TE FAIRE COMPRENDRE !
AH ! O.K. !
OUF !
COACH
HA HA, J'AI EU PEUR !
C'ÉTAIT POURTANT ÉVIDENT...
TU NE PEUX PAS ÊTRE AMOUREUX DE MOI, HIRO !

EN VÉRITÉ ...
JE M'EN ÉTAIS RENDU COMPTE.
MAIS MOI ...
JE NE VEUX ÊTRE AIMÉE QUE DE SÔSUKE ...
ET DE PERSONNE D'AUTRE ...
AAAAAH

OH LÀ LÀ ...
C'EST LA PREMIÈRE FOIS QUE JE LE VOIS EN VRAI !
QUEL BEAU GOSSE, CE SÔSUKE SAKAI !
COMMENT VEUX-TU RESTER INSENSIBLE ...
À CE SOURIRE RAVAGEUR ?
SÔSUKE ...

POURQUOI ES-TU ENTRÉ DANS MA VIE ?
TA
!
FRANGINE !!
CRAC
PLAF
AAAAAH

OH, C'EST HATSUHO !
C'EST SA FEMME !
ON A DU BOL !
OH !
TROP BELLE...
QU'EST-CE QU'ILS FONT ICI ?
QUEL BEAU COUPLE !
SI C'ÉTAIT POUR ME JETER COMME UN MOU-CHOIR USAGÉ...
ET RETOUR-NER AUPRÈS DE SA FEMME...

J'AURAIS PRÉFÉRÉ QU'IL RESTE UN ÉTERNEL "DIEU" DANS MON ESPRIT ...
ESPÈCE DE SALAUD !
COMMENT OSES-TU TE PAVANER EN PUBLIC APRÈS CE QUE TU AS FAIT ?!

TU AS FAIT DE LA PEINE À UNE FILLE !
TU L'AS HUMILIÉE !
Hein ?
ET TU FAIS COMME SI DE RIEN N'ÉTAIT ?!
Oh …
DE TOUTE FAÇON, T'EN AVAIS RIEN À FOUTRE …
HIRO …
NON …
ARRÊTE, S'IL TE PLAÎT …
DU BONHEUR DE MA SŒUR !

CHAP.13 FIN

CHAPITRE 14
DE TOUTE FAÇON, C'ÉTAIT UN AMOUR IMPOSSIBLE...
DONC JE M'ESTIME HEUREUSE D'AVOIR PU Y GOÛTER, NE SERAIT-CE QU'UN INSTANT.
CELA DIT...
MOI AUSSI...
J'AI LE DROIT DE LUI FAIRE DES REPROCHES.

DITES ...
VOUS N'AVEZ PAS DE PARAPLUIE ?
PAF

VOUS ÊTES TREMPÉS ...
TENEZ !
C'EST POUR VOUS ...
ZWOOOOOO
AU FAIT ...

QU'EST-CE QUE TU AS FAIT À CETTE FILLE, SÔSUKE ?
RÉPONDS-MOI ...

N... NON ...
RIEN DU TOUT !
MON PETIT FRÈRE S'EST UN PEU EMBALLÉ !! DÉSOLÉE !
Quoi ?!
MONSIEUR SAKAI N'A RIEN À VOIR AVEC MOI !
J'AI DÛ DIRE DES CHOSES QUI ONT EMBROUILLÉ MON FRANGIN !

JE SUIS DÉSOLÉE POUR CET ESCLANDRE !
CETTE FILLE ...
C'EST JUSTE UNE AMIE
IL A DÛ Y AVOIR UN QUIPROQUO, MAIS ...
DÉSOLÉ, JE T'AP-PELLERAI, KANON !
Alors ? Alors ?
C'était une amie ?

TU AS ENTENDU ?
IL A DIT QUE J'ÉTAIS UNE "AMIE" !
IL NE M'AVAIT DONC PAS OUBLIÉE !
ELLE, UNE AMIE ?
EN PLUS, IL VA M'APPELER !
C'EST UNE FOLLE ...
J'AVAIS UNE PEUR BLEUE QU'IL FASSE SEMBLANT DE PAS ME CONNAÎTRE
SÔSUKE EST VRAIMENT GENTIL ! SA FEMME AUSSI !
HA HA !
ELLE NOUS A PRÊTÉ SON PARAPLUIE !
OH ! MAIS COMMENT ON VA LE LUI RENDRE ?!
ON LE DÉPOSE AU SLC ?
BEN OUI ...

ALLEZ, ON RENTRE ?
GHH...
ALORS COMME ÇA ...
JE SERAIS CONDAMNÉE À FAIRE COMME S'IL NE S'ÉTAIT RIEN PASSÉ ENTRE LUI ET MOI ?

COMME S'IL NE M'AVAIT JAMAIS PRISE DANS SES BRAS ...
QU'IL NE M'AVAIT JAMAIS EMBRASSÉE ...
ET QU'IL NE M'AVAIT JAMAIS DIT QU'IL M'AIMAIT ?
DOIS-JE METTRE TOUT ÇA ...
SUR LE COMPTE DE MES ILLUSIONS ?

BONJOUR !

SPASM
AH !
LE PARAPLUIE ! C'EST ÇA ?!
J... J...
JE NE L'AI PAS SUR MOI !
J'IRAI LE CHERCHER APRÈS LE SERVICE !
NON, JE NE SUIS PAS VENUE POUR ÇA ...

JE SAIS TRÈS BIEN ...
QUE VOUS N'ÊTES PAS QU'UNE SIMPLE "AMIE" DE SÔSUKE ...
MAIS ...
L'AUTRE JOUR, C'EST VOUS SEULE QUI AVEZ ÉTÉ TRAÎNÉE DANS LA BOUE ...

EN TANT QU'ÉPOUSE DE SÔSUKE ...
JE VOUS DEMANDE PARDON ...
? ? ? ? ? ?
QUOI ?! J'AI RIEN COMPRIS ...
NE VOUS EN FAITES PAS !
C'EST TOUT À FAIT NORMAL !
LA DERNIÈRE FOIS QUE JE SUIS VENUE ICI ...
JE ...
COMMENT DIRE ... J'AI LAISSÉ ÉCLATER MA FRUSTRATION ENVERS VOUS ... VOUS VOUS EN SOUVENEZ ?

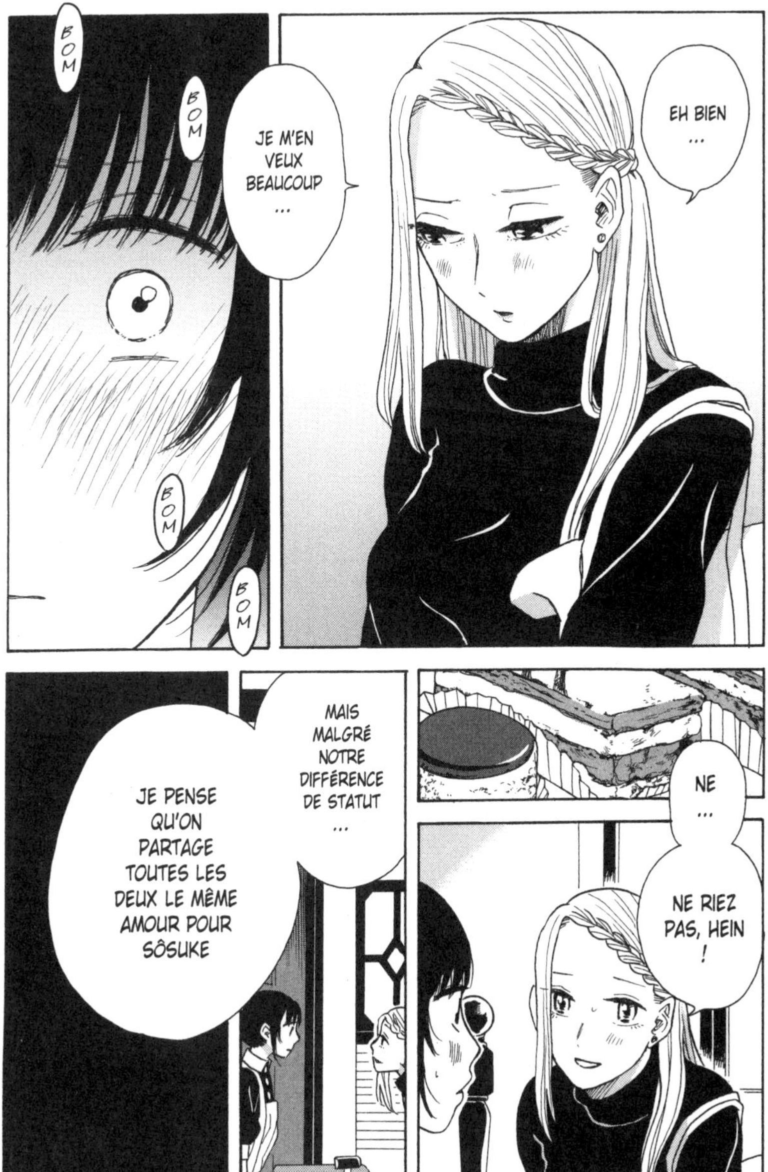
EH BIEN ...
BOM
BOM
JE M'EN VEUX BEAUCOUP ...
BOM
BOM
MAIS MALGRÉ NOTRE DIFFÉRENCE DE STATUT ...
JE PENSE QU'ON PARTAGE TOUTES LES DEUX LE MÊME AMOUR POUR SÔSUKE
NE ...
NE RIEZ PAS, HEIN !

JE ...
JE VOUDRAIS TELLEMENT PARLER AVEC VOUS ...
ZWO...!!

OH !
ALORS COMME ÇA, TU T'ES INSCRITE AU CLUB DE BASKET RIEN QUE POUR SÔSUKE ?
Pourtant, tu n'aimes pas ce sport...
EH OUI ! PARCE QUE PARFOIS...
IL REVENAIT NOUS VOIR MÊME APRÈS AVOIR QUITTÉ LE LYCÉE...
ÇA ALORS ! TA PER-SÉVÉRANCE M'ÉPATE, KANON !
TU TE MOQUES DE MOI, C'EST ÇA ?
LE FAIT DE POUVOIR CÔTOYER SÔSUKE TOUS LES JOURS, C'EST MILLE FOIS PLUS ÉPATANT !
En mode ironie
MA FOI, TU AS RAISON...
Ironie retournée
DAAM
QUOI ?! MOI QUI VOULAIS LA PIQUER AU VIF, C'EST RATÉ !
Bref...
JE T'ADMIRE, KANON...
À quoi ça sert que je rivalise avec elle ? Dans tous les domaines, elle a l'avantage sur moi...

CE N'EST PAS FACILE DE RESTER FIDÈLE À QUELQU'UN SI LONGTEMPS
LA RÉGÉNÉRATION FINIT PAR …
IMPACTER AUSSI LA MÉMOIRE
EN EFFET, QUAND UN HOMME "RÉGÉNÉRÉ" TOMBE AMOUREUX …
IL OUBLIE PETIT À PETIT LES SOUVENIRS LIÉS À SON EX …
C'EST LE CAS DE SÔSUKE …
NOTRE PASSÉ COMMENCE À DEVENIR FLOU DANS SA TÊTE …

EN TOUT CAS, TON TÉMOIGNAGE ...
M'EST TRÈS UTILE POUR MES RECHERCHES ...
EN PLUS, ÇA M'IN-TÉRESSE ...
J'AVAIS TOUJOURS RÊVÉ ...
DE POUVOIR PARTAGER AVEC QUELQU'UN ...
À l'époque, Sôsuke était déjà beau gosse, mais il était un peu distrait ...
Ah oui ?
MON ADMIRATION POUR SÔSUKE ...
QUE DISJE ...
MON IDOLÂTRIE ...
Si tu savais à quel point il est maniaque ...
Oh !

Je suis au comble de la joie !
J'ai l'impression de partager leur intimité !
Si tu savais ce qu'il a dit à sa mère
...
ELLE ET MOI ...
ON SE RESSEMBLE UN PEU ...
On devrait s'entendre ...
OH !
UN STYLO À PLUME ?!
DE NOS JOURS ...
PLUS PERSONNE N'ÉCRIT AVEC ÇA ...
C'EST VRAI ...
Comme je te comprends ! Il était déjà comme ça au lycée ...
Je vois qu'il n'a pas changé ...
ET VOILÀ QUE MON RÊVE SE RÉALISE ...

MAIS IL FAUT DIRE ...
QUE JE ME SUIS MISE À L'UTILISER ...
APRÈS AVOIR VU SÔSUKE ÉCRIRE AVEC ÇA AU LYCÉE !
D'AILLEURS ...
Pour Sôsuke
IL Y A PEU ...
JE LUI EN AI OFFERT UN POUR SON ANNIVERSAIRE.
C'ÉTAIT LA PREMIÈRE FOIS ...
QUE J'OSAIS LUI FAIRE UN CADEAU ...

BAAANG
BAAANG
NON
...
BAAANG

CETTE FEMME NE M'A TOUJOURS PAS PARDONNÉE.
EUH ...

JE ... JE DOIS Y ALLER, J'AI UN TRUC À FAIRE !
DÉSOLÉE !
JE ...
JE POSE LES SOUS ICI !
VLAF
ZWO
BONSOIR !
AH, TE VOILÀ, CHÉRI ...

ON VA ENFIN AVOIR UN PEU DE TEMPS POUR NOUS ...
APRÈS CE MARATHON D'INTERVIEWS OÙ ON A DÛ PARLER DE NOTRE COUPLE ...
AU FAIT ...
TU N'AURAIS PAS ENVIE D'UN PETIT GÂTEAU, SÔSUKE ?
LÀ, JE DOIS RETOURNER À MON LABORATOIRE ...
MAIS JE REVIENDRAI DANS UNE HEURE ...
FHH
TU VEUX BIEN ALLER M'EN ACHETER ?

EN PLUS, DEMAIN, ON EST EN CONGÉ ...
TIC
TOC
TIC
O.K. !

JE VAIS LE TESTER ...
AH !
BOM
'LUT !

QU'EST-CE QUE TU VEUX ?
CE SOIR, J'AI PAS TROP LE TEMPS...
FRSH
JE VAIS PRENDRE UN GÂTEAU AU CHOCOLAT...
ET UN À LA FRAMBOISE... LE TOUT À EMPORTER, S'IL TE PLAÎT !
SPASM
C'EST POUR EUX DEUX...
OUI
FRSH
CE N'EST PAS LA PREMIÈRE FOIS QUE JE JOUE À QUITTE OU DOUBLE...

S'IL VOUS PLAÎT...
OÙ SONT LES TOILETTES ?
FRSH
À DROITE EN MONTANT L'ESCALIER !
J'AI PRIS BEAUCOUP DE RISQUES...
MERCI, MADAME !
PARCE QUE JE VOULAIS CROIRE QUE SÔSUKE REVIENDRAIT À MOI SPONTANÉMENT...
JE SUIS DÉSOLÉ...
POUR L'AUTRE JOUR...
SI J'AI DIT N'IMPORTE QUOI, C'ÉTAIT POUR ÉVITER UN SCANDALE...

TAP
TAP TAP TAP TAP
MAIS JE N'AI PAS RÉUSSI À LE DÉTOURNER DE L'AUTRE.
TAP TAP TAP TAP TAP
AU FAIT, TU M'AS APPELÉ, PAS VRAI ?
C'EST RARE QUE TU ME TÉLÉPHONES SUR MA LIGNE PERSO ...
MAIS IL FAUT QUE TU ME CROIES, KANON ...
MON PORTABLE EST EN PANNE DEPUIS QUELQUE TEMPS ...
QU'EST-CE QUE TU VOULAIS ME DIRE ?
BAAAM

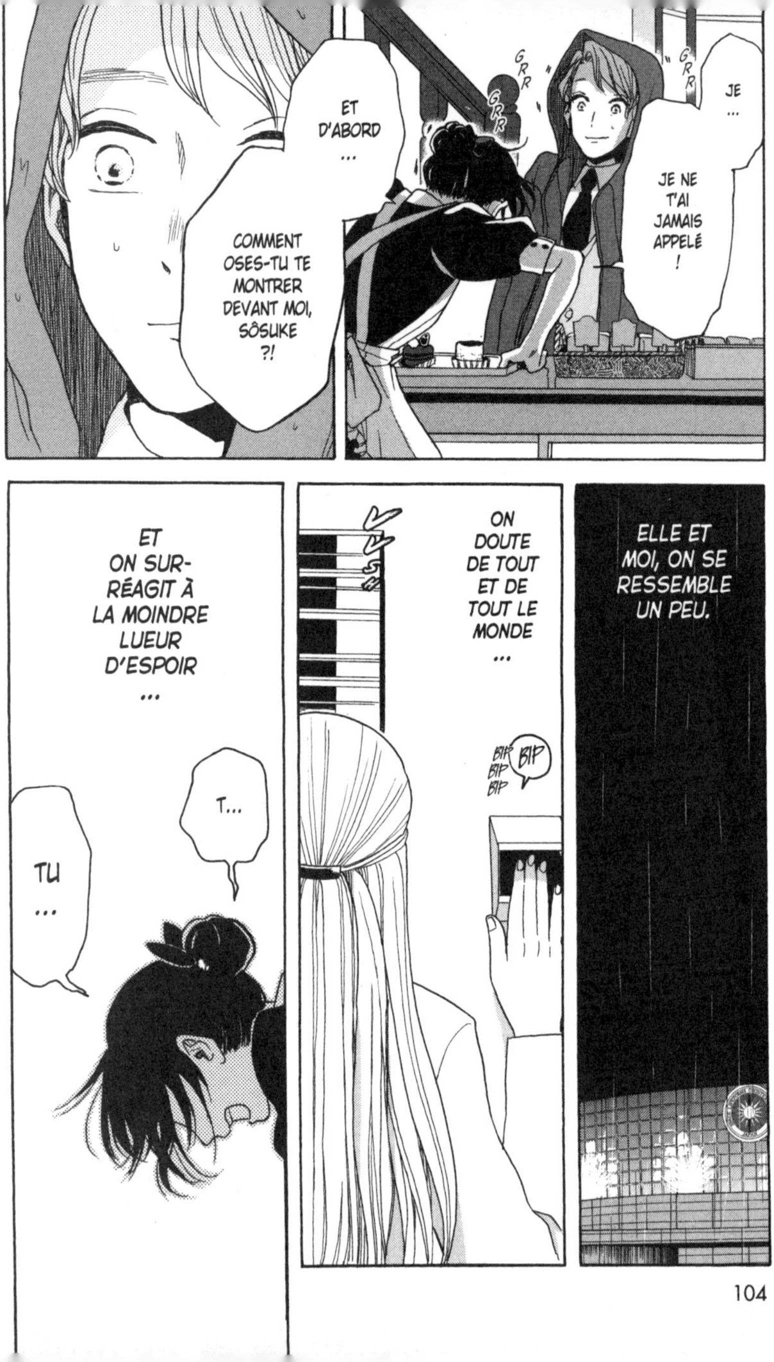
GRR
GRR
GRR
JE …
JE NE T'AI JAMAIS APPELÉ !
ET D'ABORD …
COMMENT OSES-TU TE MONTRER DEVANT MOI, SÔSUKE ?!
ELLE ET MOI, ON SE RESSEMBLE UN PEU.
ON DOUTE DE TOUT ET DE TOUT LE MONDE …
VLASH
BIP BIP BIP
BIP
ET ON SUR-RÉAGIT À LA MOINDRE LUEUR D'ESPOIR …
T…
TU …

TU SAIS BIEN QUE JE SUIS FOLLE DE TOI ...
ET TU T'AMUSES À ME FAIRE TOURNER EN BOURRIQUE !
MAIS LORSQUE L'ESPOIR S'ÉTEINT, IL LAISSE LA PLACE À LA COLÈRE.
MAISON
TÉLÉPHONE
03-XXXX-XXXX
QUAND ELLE EST EN COLÈRE, NE TROUVES-TU PAS QU'ELLE EST AUSSI HIDEUSE QUE MOI ?

TU ES HEUREUX EN MÉNAGE !
JE SUIS CHIANTE, PAS VRAI ?
ALORS SI TU AS HONTE...
QU'ON NOUS VOIE ENSEMBLE...
NE REMETS PLUS JAMAIS LES PIEDS ICI !!
EN PLUS, J'AI UN MAUVAIS FOND...
MAIS À TOI, JE TE PROMETS D'ÊTRE GENTILLE...
VRRR
VRRR
ALORS S'IL TE PLAÎT...

REVIENS-MOI, SÔSUKE !
ÉCOUTE-MOI !
SI JE SUIS VENU ICI, C'EST PARCE QUE JE VOULAIS TE REVOIR, KANON !
DRIIIING
DRIIIING
DRIIIING

BIP
DIING
MADAME SAKAI ...
VOTRE RENDEZ-VOUS EST ARRIVÉ !
HAA ...
JE VOIS ...
AU MOINS, PROFITEZ BIEN DU TEMPS QU'IL VOUS RESTE JUSQU'AU DÉSASTRE FINAL ...
CHAP.14 FIN

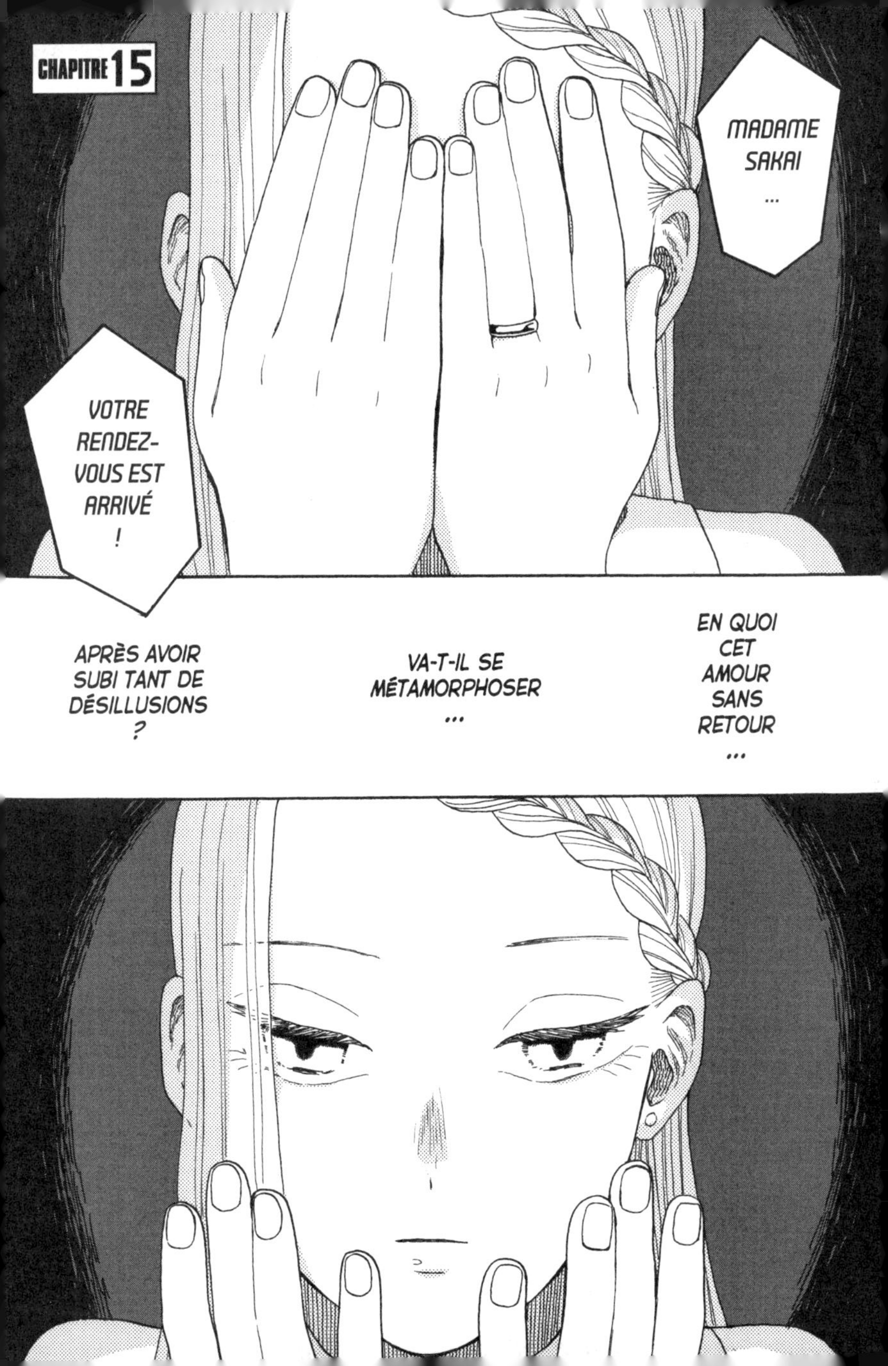
CHAPITRE 15
MADAME SAKAI ...
VOTRE RENDEZ-VOUS EST ARRIVÉ !
EN QUOI CET AMOUR SANS RETOUR ...
VA-T-IL SE MÉTAMORPHOSER ...
APRÈS AVOIR SUBI TANT DE DÉSILLUSIONS ?

BONSOIR, HIRO ! ÇA VA ?
DÉSOLÉE POUR L'AUTRE JOUR ...
TAP

COMMENT TU CONNAIS MON NUMÉRO ?
ICI, AU SLC ...
ON A ACCÈS À TOUTES LES INFORMATIONS ...
...
JE SAIS TOUT ...
SUR TON ÉCOLE, TA FAMILLE ...

JE SAIS MÊME QUE KANON N'EST PAS TA VRAIE SŒUR ...
NE CROIS-TU PAS ...
BIP BIP BIP
QUE NOUS DEUX, ON SE RESSEMBLE UN PEU ?
CLAC
ALORS ...
DEVENONS AMIS, HIRO ! TU VEUX BIEN ?

SÔSUKE ...
TU N'ES QU'UN SALE MENTEUR ...
PAAF
UN JOUR, TU M'AS DIT QUE TA FEMME T'AVAIT TRAITÉ DE MONSTRE ...
ALORS JE ME SUIS DIT QU'ELLE ÉTAIT SUPER CRUELLE ...
MAIS ...
EN FAIT, HATSUHO N'EST PAS DU TOUT COMME ÇA ...

C'EST UNE … BONNE ÂME …
QUI T'AIME PROFONDÉMENT …
ET QUI BOSSE DUR POUR TE SOULAGER
SPACE LIFEFORMS COUNTERMEASURE JAPAN
MAIS TOI …
TU TRAHIS SON AMOUR …
PLIC
EN VENANT ME VOIR …
BREF …
JE NE TE CROIS PLUS …

T'AS RIEN COMPRIS, KANON !
ELLE EST TRÈS JALOUSE ...
ET ELLE N'A PAS SUPPORTÉ ...
DE TE VOIR À MES CÔTÉS QUAND J'AI ÉTÉ BLESSÉ ...
M...
MAIS FALLAIT PAS M'INVITER ALORS !
TU SAVAIS BIEN ...
QU'ELLE SERAIT JALOUSE !
M...

MAIS TOI, ÇA T'A PLU, NON ?!
ÉVIDEMMENT, C'EST NORMAL !
CE GENRE DE PROPOSITION DE TA PART, ÇA NE SE REFUSE PAS !
ALORS OÙ EST LE PROBLÈME ?
LE PROBLÈME, C'EST TON ATTITUDE PERFIDE !
TU TROMPES TA FEMME À TOUT-VA ...
SOUS PRÉTEXTE QUE LA RÉGÉNÉRATION T'A RENDU INSTABLE SENTIMENTALEMENT !

DIS ...
TU CROIS QUE JE SUIS COMME ÇA PAR PLAISIR ?
JE PENSAIS QUE TOI, AU MOINS, TU ME COMPRENAIS SUR CE POINT ...
MAIS JE ME SUIS TROMPÉ ...
TU ES UNE NANA COMME LES AUTRES ...
NON MAIS JE RÊVE ...

IL A QUAND MÊME RÉPONDU À MON FLOT DE REPROCHE ...
BLA BLA BLA
?
OH !
C'EST SAKAI !
JE M'EN VAIS ...
EST-IL FÂCHÉ ?
PEUT-ÊTRE QUE JE NE LE REVERRAI ...
PLUS JAMAIS ...

PEUT-ÊTRE QUE TOUT EST FINI ENTRE NOUS ...
CRIIII
NE ...

NE T'ENFUIS PAS COMME ÇA !!

JE ... J'AI ...
PAS ENCORE FINI ...
DE TE DIRE CE QUE J'AVAIS SUR LE CŒUR !
J'AI ... ENCORE ...
TANT DE CHOSES ...
À TE REPROCHER !
TU NE DEVINES MÊME PAS ...
À QUEL POINT J'AI ÉTÉ MEURTRIE PAR TON COMPORTEMENT !

ALORS IL EST HORS DE QUESTION ...
DE TE LAISSER PARTIR ...
SANS QUE TU SACHES TOUT CE QUE TU M'AS FAIT SUBIR !

ZAAAAAAA
TU FINIS ...
TON BOULOT À QUELLE HEURE ?
À 22 HEURES ...
JE FAIS LA FERMETURE ...
cafe&cake L'azurite
BON ...
ALORS JE REVIENDRAI À CE MOMENT-LÀ ...

ZWOOOOOOO
DRIIING
VEUILLEZ LAISSER VOTRE MESSAGE APRÈS LE BIP SONORE ...
ALLÔ ?
JE CONSTATE QUE TU N'ES TOUJOURS PAS REVENU, SÔSUKE ...
CE SOIR, JE VAIS RENTRER ...
UN PEU TARD ...
...
TU TÉLÉPHONES CHEZ TOI ?
IL N'A PAS DE PORTABLE ?

EN CE MOMENT, ILS SONT TOUS LES DEUX À LA PÂTISSERIE ...
HEIN ?
T'EN ES SÛRE ?
OUI, J'AI ORGANISÉ LEURS RETROUVAILLES ...
S'IL RENTRE VITE À LA MAISON, SON CŒUR EST À MOI ...
SINON, IL EST À TA SŒUR ...
T... T'ES CONNE, OU QUOI ?!
C'EST PARCE QUE TU T'AMUSES À LE METTRE À L'ÉPREUVE QU'IL S'ÉLOIGNE DE TOI !
DIS DONC !
MOI, CONNE ?!
IL AURAIT DÛ ME CHOISIR, C'EST TOUT !
TSS !
MAIS ...

POURQUOI TU DONNES UNE CHANCE À TA RIVALE ?!
Ma sœur crevait d'envie de le revoir...
QU'EST-CE QUE J'AURAIS DÛ FAIRE ALORS ?!
HEIN ?! PARLE !
GWIP GWIP
POURQUOI TU ME DEMANDES ÇA ?
Eh oh !
JE SAIS...
QUE TU ES AMOUREUX DE KANON !
OBJECTIVEMENT, ÇA DEVRAIT FAIRE DE TOI MON ALLIÉ ! MON SEUL ALLIÉ !
JE N'AI PERSONNE D'AUTRE...
À QUI DEMANDER DE L'AIDE...

TU SAIS ...
J'AI HONTE QUE MON MARI M'AIT DÉLAISSÉE POUR UNE FILLE AUSSI INSIGNIFIANTE, TERNE ET BANALE ...
Quel mauvais goût, ce Sôsuke !
DIS DONC, TOI ! T'AS VRAIMENT UN SALE CARACTÈRE, HEIN !
Comme ton mari, d'ailleurs !
IL M'A DÉJÀ ÉTÉ INFIDÈLE ...
SNIF
MAIS IL N'EST JAMAIS ALLÉ AUSSI LOIN ...

JE ...
JE NE SAIS PLUS OÙ J'EN SUIS ...
...
TU SAIS ...
CONTRAIREMENT À TOI, MA SŒUR NE VIT QUE POUR SÔSUKE ... ELLE N'A RIEN D'AUTRE ...
ALORS ...
SI SÔSUKE LUI DEMANDE DE SE JETER PAR LA FENÊTRE, ELLE LE FERA ...
ELLE EST COMME ÇA ...

...
M...
MAIS ÇA CRAINT SI ON LES LAISSE SEULS ...
BEN OUI, TIENS !
C'EST CE QUE JE TE DIS DEPUIS TOUT À L'HEURE !
JE ...
JE ...
JE SUIS À DEUX DOIGTS DE CRAQUER ...
UN JOUR ...
MARIE M'A SUPPLIÉE D'ÊTRE TÉMOIN DE SES DISCUSSIONS HOULEUSES ...
Marie en 2e année de lycée
— S'il te plaît ! !

AVEC SON EX-PETIT COPAIN.
J'AI TROUVÉ ÇA TRÈS BÊTE ...
D'ALLER VOIR QUELQU'UN EXPRÈS POUR SE DISPUTER ...
MAIS ME VOICI ...
DANS LA MÊME SITUATION QUE MARIE ...
SAUF QUE JE NE SUIS MÊME PAS SORTIE AVEC SÔSUKE ...

...
ALORS ? QUE VOULAIS-TU ME DIRE ?
...
BEN ...
DIS-MOI, KANON ...
TU ME PRÉFÈRES EN GENTLEMAN DISTINGUÉ ?
OU ...

AU FOND DE TOI, TU ESPÈRES ...
QUE JE ME JETTE SUR TOI COMME UN SAUVAGE ?
PAAF!!
OUPS ...
BAFFE Ä SÔSUKE !
T...

TU L'AS MÉRITÉE, SÔSUKE ! C'EST DE TA FAUTE !
EN MODE "HORS DE CONTRÔLE"
TU TE MOQUES DE MOI ...
PARCE QUE TU PENSES AVOIR LE MONDE À TES PIEDS !
J'AI PERDU LA TÊTE OU QUOI ?
J'AI TANT RÊVÉ DE CES RETROUVAILLES ...
MAIS LÀ ...
JE SUIS EN TRAIN DE TOUT GÂCHER ...
T'es odieux !
Cruel !
Sans-cœur !

TU N'ES QU'UN MUFLE !
UN SALE ÉGOÏSTE !
...
ÇA Y EST ? TU AS FINI ?
NON, J'AI PAS FINI ! TU VAS ME LAISSER TE BALANCER TES QUATRE VÉRITÉS !
TU AS VRAIMENT CHANGÉ, SÔSUKE !

TU ÉTAIS UN GARÇON SUPER ATTENTIONNÉ …
QUAND ON ÉTAIT AU LYCÉE !
AU CLUB DE BASKET …
J'ÉTAIS TOUT JUSTE …
UN ÉLÉMENT MÉDIOCRE, MALADROIT, À PEINE BON À RANGER LES BALLONS APRÈS LES ENTRAÎNEMENTS …
TU ÉTAIS COMME UN DIEU POUR MOI !
MAIS TU AS TOUJOURS ÉTÉ GENTIL AVEC MOI …

ALORS NE ME DÉSESPÈRE PAS DAVANTAGE, S'IL TE PLAÎT !
JE TE DÉSESPÈRE ? MOI ? LAISSE-MOI RIRE...

TU NE CROIS PAS QUE TU IDÉALISES UN PEU TROP L'AMOUR, KANON ?
AU LYCÉE, J'ÉTAIS GENTIL AVEC TOI PARCE QUE TU N'ÉTAIS RIEN POUR MOI, C'EST TOUT !
ÇA ME MET MAL À L'AISE QUE TU CONTINUES À T'ACCROCHER À MON IMAGE D'IL Y A HUIT ANS ...
TU PENSES VRAIMENT QUE TOUT EST PERMIS QUAND ON AIME ?
À CE PROPOS, J'AIMERAIS QUE TU ARRÊTES DE COLLECTIONNER TOUT CE QUE JE TOUCHE, PARCE QUE C'EST FLIPPANT ...

TU EN AS DE LA CHANCE, TOI, DE NE VOIR LES CHOSES QUE COMME ÇA T'ARRANGE !
ET D'ABORD, ARRÊTE DE ME COMPARER À UN DIEU ! TU ME FAIS TROP RIRE ...
JE SUIS UN ÊTRE HUMAIN ORDINAIRE ET ÇA ME SUFFIT LARGEMENT !

MAIS …
J'ADMETS QUE TU ES BIEN LA SEULE À POUVOIR COMBLER …
LE VIDE DE MA VIE …

POF
!
ET J'IMAGINE QUE C'EST RÉCIPROQUE, KANON ...

SÔSUKE A RAISON ...
IL N'A RIEN DE DIVIN.
IL EST TOUT AUSSI ÉGOÏSTE QUE MOI ...
MAIS MALGRÉ TOUT ...
SA PRÉSENCE M'EST SI CHÈRE ...
SI PRÉCIEUSE ...
DIS ...

JE CROIS QUE ...
FINALEMENT, JE NE PEUX PAS ME PASSER DE TOI ♡
JE SUIS CONSCIENTE D'AVOIR CHOISI LA VOIE LA PLUS ARDUE ...
EN FAIT, TU ES UNE MONOMANIAQUE ...
OUI ♡
TOUT MON ÊTRE NE VIT QUE POUR TOI ♡
MAIS SI C'EST AVEC LUI, JE ME SENS CAPABLE D'ERRER À TRAVERS L'ENFER.
CHAP.15 FIN

CHAPITRE 16
EN FAIT, AVANT DE VENIR ICI ...
J'AI EU UNE DISCUSSION AVEC HATSUHO ...
HEIN ?!
...
GRAB
AAAAH !!
HAAA ...

COMMENT ÇA ?!
MAIS ÇA, TU PEUX PAS COMPRENDRE …
C'EST DUR DE BOSSER …
DANS UNE GROSSE STRUCTURE …
JE NE SAIS PLUS OÙ J'EN SUIS …
IL EST STRESSÉ …
EN FAIT, LUI ET MOI …

ON EST AU BOUT DU ROULEAU.
AU POINT OÙ ON EN EST, ON DEVRAIT FUIR ET TOUT ABANDONNER ...
ABANDONNER MA FAMILLE ?
ABANDONNER SA FEMME ?
POUR ESPÉRER QUOI ?

ON A DÉCIDÉ DE FUIR AU PAYS OÙ TOUT EST BLANC ...
LE TRAIN À DESTINATION DU PORT D'AOMORI VA BIENTÔT PARTIR
QUE CE SOIT LE SOUVENIR DES GELÉES, DU SLC OU D'UNE CERTAINE MORALE ÉTRIQUÉE ...
ET OÙ TOUT FINIT PAR ÊTRE RECOUVERT PAR UN ÉPAIS MANTEAU NEIGEUX ...

....
.....
IL NEIGE !
DIS ...
TU DEVRAIS T'ACHETER DES VÊTEMENTS CHAUDS ...

PLO OF
C'EST UN PEU TROP, NON ?
MAIS NON, IL FAIT FROID ICI !
PLOF
PLOF
HAA ...
ET DIRE QUE C'EST SÔSUKE QUI A CHOISI CES VÊTEMENTS ...
Elle va les porter sur elle !
O.K. !

増便
函館ターミナル
Hakodate Termina

BAAAM
SPASM
DAM
DAM
DAM
DAM
DAM
DAM
DAM
UN AMI VIENDRA NOUS CHERCHER EN VOITURE ...

ON IRA DANS MA MAISON DE FAMILLE ...
HAA ...
ÇA NE TE DÉRANGE PAS ?
IL N'Y A PERSONNE EN CE MOMENT ...
ALORS CE QU'ON FAIT RESTERA ENTRE NOUS ...
TA

EH OH !
JE SUIS LÀ !
SALUT, SÔSÔ ! ÇA FAIT UN BAIL !
GNIIH
SALUT, AKI !
QUOI ?!

MERCI D'ÊTRE VENU !
DE RIEN, C'EST TOUJOURS UN PLAISIR DE TE RENDRE SERVICE, SÔSÔ !
ATTENDS-MOI LÀ, JE REVIENS AVEC LA BAGNOLE !
S_ "SÔSÔ" ?
C'EST QUI ?
UN AMI D'ENFANCE ...
J'AI VÉCU DANS CE BLED JUSQU'À LA FIN DE L'ÉCOLE PRIMAIRE ...

C'EST BIEN NORMAL, MAIS QUAND MÊME ! QUAND JE VOIS LE BEAU GOSSE QU'IL EST DEVENU AUJOURD'HUI ...
C'EST LÀ QUE JE ME RENDS COMPTE QUE SÔSUKE A JADIS ÉTÉ UN GAMIN EN CULOTTE COURTE !!
JE ME DIS QUE LA NATURE EST BIEN FAITE !
T'ES CREVÉE, NON ? T'EN FAIS PAS, ON ARRIVE BIENTÔT ...
ZYEUUUT

BONJOUR, MON PETIT SÔSUKE !
COMME TU AS GRANDI !
JE SUIS TELLEMENT CONTENTE DE TE REVOIR !
C'EST QUI ?
Bonjour, madame ...
AKIMOTO M'AVAIT PRÉVENUE DE TON RETOUR ...
ET QUI EST CETTE JEUNE FILLE ?
SPASM
UNE COL-LÈGUE !
ELLE EST EN DÉPLACEMENT PROFESSIONNEL DANS LE COIN ...

AH ...
ALORS BIENVENUE CHEZ NOUS !
AREUH
AREUH
VOUS DÎNEZ DANS MON RESTAU ?
DÉSOLÉE POUR MAMAN ! ELLE ÉTAIT SUPER EXCITÉE DE TE REVOIR ...
LA DERNIÈRE FOIS QUE TU ES REVENU ICI, C'ÉTAIT QUAND ?
C'ÉTAIT POUR L'ENTERREMENT DE MA MAMIE ...
DONC TU ÉTAIS ENCORE AU LYCÉE ! LE TEMPS PASSE VITE !

TU BOIS ?
OUI, UN PEU ...
AU FAIT, VOUS DEUX ...
EUH ...
VOUS ÊTES EN PLEIN VOYAGE CLANDESTIN POUR SCELLER VOTRE AMOUR ADULTÈRE, C'EST ÇA ?
PEU
UUH...
D... DÉSOLÉE ...
MAIS NON VOYONS, PAS BESOIN DE T'EXCUSER !
ALORS ? SÔSÔ ?
...

JE ... JE SUIS ...
NAVRÉE ...
MAIS POURQUOI TU CONTINUES À ME FAIRE DES EXCUSES ?
JE SUPPOSE QUE TU ES SINCÈREMENT AMOUREUSE ...
PUISQUE TU AS FAIT TOUT CE CHEMIN POUR VENIR JUSQU'ICI !

Tu te rends compte ?
JE ME FAIS ENCORE ENGUEULER ...
PAR LE VIEUX PRÊTRE !
Ha ha !
T'ES SA TÊTE DE TURC PRÉFÉRÉE !
ON EN A FAIT DES BÊTISES, DANS LE SANCTUAIRE !
Mais à l'époque, on était gamins !
EST-CE QUE JE PEUX VOUS FILMER ?!
Trop contente de découvrir une nouvelle facette de mon idole !!
HEIN ? NOUS FILMER ?
ELLE EST COMME ÇA ...
Où est mon portable ?
18:49
JOURNAL
HIRO APPELS MANQUÉS 01/19(土) 17:34
HIRO APPELS MANQUÉS 01/19(土) 16:19
SUE APPELS MANQUÉS 01/19(土) 13:45
MAMAN APPELS MANQUÉS 01/19(土) 13:44

EUH ...
SALUT, C'EST AKI !
T'ES CON ...
ET VOICI MON POTE SÔSUKE !
REC 00:02
AU FAIT, POURQUOI TU NE RENTRES JAMAIS AU PAYS ?
JE SAIS BIEN QUE T'ES DÉBORDÉ, MAIS ...
BEN QUOI ? JE SUIS REVENU, LÀ !
REC 00:09
OUI, C'EST VRAI ...
COMME JE T'ENVIE ! IL NE NEIGE JAMAIS À TOKYO ...
C 00:17

TU AURAIS AIMÉ QU'IL NEIGE LÀ-BAS AUSSI ?
MAIS IL PLEUT TOUT LE TEMPS !
REC 00:28
IL ADORAIT SE ROULER DANS LA NEIGE, CET IDIOT ...
REC 00:40
MAIS C'EST TOUJOURS MOI QUI ATTRAPAIS FROID !
COMME JE SUIS FRILEUX, JE PRÉFÉRAIS LE REGARDER FAIRE ...
REC 01:03

REVENEZ DEMAIN POUR LE PETIT DÉJ !
O.K., MERCI !
AH ! AU FAIT ...
ON FAIT QUOI POUR LA SUITE ?
HEIN ?
BEN, POUR LE RETOUR ...
AH ...
RIEN N'EST DÉCIDÉ ...

À DEMAIN ALORS !
JE PENSAIS ...
QUE TU ÉTAIS DE TOKYO ...
QUAND JE SUIS NÉ, MES PARENTS ÉTAIENT JEUNES ...
ET ILS ONT VOULU PRIVILÉGIER LEURS CARRIÈRES ...
ALORS ILS M'ONT ENVOYÉ DANS CE BLED, OÙ J'AI ÉTÉ ÉLEVÉ PAR MA GRAND-MÈRE ...

DANS MES SOUVENIRS, JE PRÉFÈRE L'ÉTÉ À L'HIVER ...
MAIS TOUT À L'HEURE ...
JE SAIS
MAIS ÇA NE ME DIT RIEN ...
JE PENSAIS AVOIR TOUJOURS DÉTESTÉ LE FROID ...

PAR ICI
...

IL N'Y A ABSOLUMENT RIEN À PART CETTE ROUTE ISOLÉE ...
ALORS EN ÉTÉ, C'EST TRÈS SAUVAGE ET VERDOYANT ...
ET J'ADORAIS ME BALADER PARMI LES FLEURS ET LES HERBES HAUTES

ENFIN, IL ME SEMBLE ...
JE PERDS MES REPÈRES AVEC CETTE NEIGE ...
IL FAUDRAIT QU'ON REVIENNE EN ÉTÉ ...

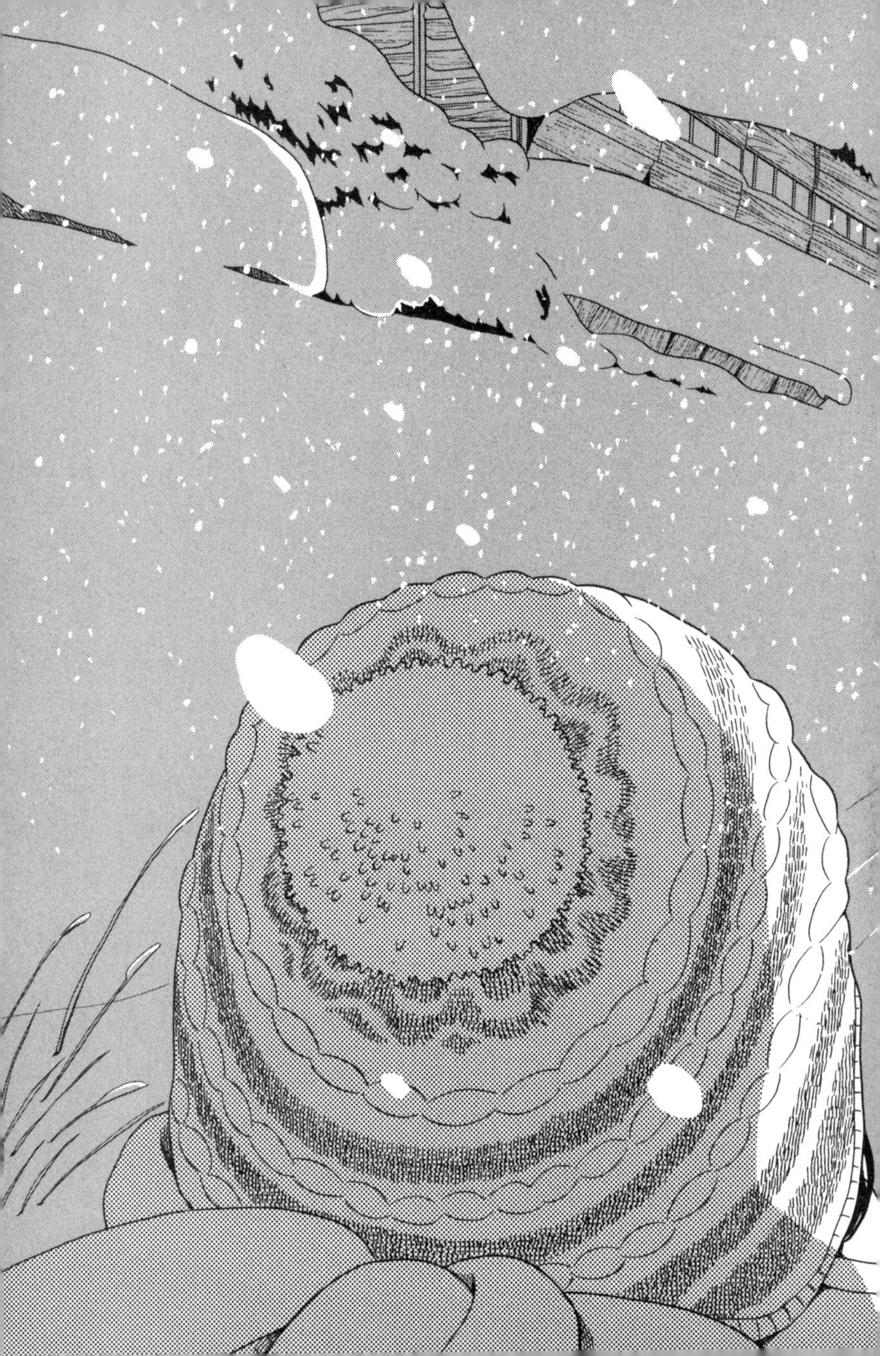

QU'AUJOURD'HUI, TU AIMES D'AUTRES PAYSAGES, TOUT SIMPLEMENT ...
J'AIMERAIS QUE TU ADMETTES ...
TCHAC
JE VAIS METTRE LE CHAUFFAGE ...
CLAC CLAC CLAC

HAA
OH, UN PIANO ...

BOBOM
BOBOM
BOBOM
...
EUH, KANON ...
QU'EST-CE QUE TU FAIS SI LOIN ?
HEIN ?!
À l'angle opposé de la chambre
EUH ... J'AI TROP CHAUD ...
ALORS JE M'ÉLOIGNE DU RADIATEUR ...
BOBOM
BOBOM

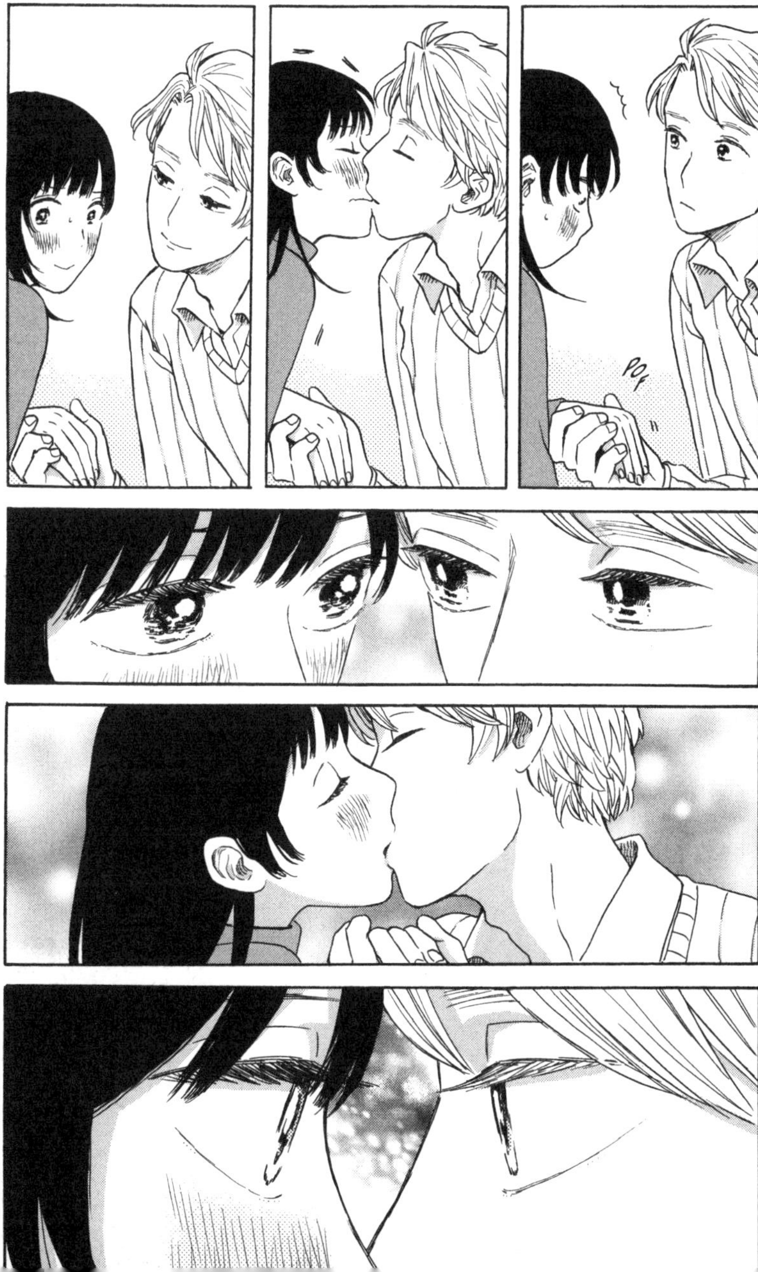
POF

ON DORT ?
TU DOIS ÊTRE ÉPUISÉE APRÈS CE LONG VOYAGE ...

APPELS MANQUÉS
HATSUHO
01/19 20:47
HATSUHO
01/19 20:41
HATSUHO
01/19 20:27
HATSUHO
01/19 19:53
HATSUHO

CETTE NUIT-LÀ, J'AI FAIT UN RÊVE.
"CHÉRI !"
"LE PURIFICATEUR D'AIR EST TOMBÉ EN PANNE !"

"AH OUI ! DEMAIN, JE VAIS ALLER EN ACHETER UN ..."
AINSI RÉPONDIT MON AMOUREUX EN ME GRATIFIANT D'UN BEAU SOURIRE ...

C'EST BON ?
OH OUI, C'EST DÉLICIEUX !
AU FAIT ...
TU POURRAIS NOUS EMMENER À LA GARE APRÈS, AKI ?

J'AI PEUT-ÊTRE TROP ESPÉRÉ...
SUR CETTE TERRE OÙ SÔSUKE A GRANDI...
JE ME VOYAIS DÉJÀ VIVRE ENTOURÉE DES GENS QUI L'AIME...
ET FAISANT PARTIE DE SA FAMILLE...

DIS, SÔSÔ ...
CE BOURG A PAS MAL CHANGÉ DEPUIS QUE T'ES PARTI VIVRE À TOKYO ...

MAIS TU ES QUAND MÊME CHEZ TOI, ICI ...
ALORS REVIENS NOUS VOIR DE TEMPS EN TEMPS ! D'ACCORD ?
ALLEZ ! À BIENTÔT !

CHAP.16 FIN

KANON
AU BOUT DU MOND

CHAPITRE 17
BONJOUR !
T'ES LE PREMIER ARRIVÉ !
CLAC
MAIS ... Y A QUELQU'UN ?
KRSHH
VLAAP
L'ESCAPADE DE RÊVE AVEC SÔSUKE ...
N'A FINALEMENT ÉTÉ QUE DE COURTE DURÉE ...
ET NOUS VOICI À NOUVEAU RATTRAPÉS PAR LA MORNE RÉALITÉ.

UNE FOIS À TOKYO ...
JE NE POURRAI PLUS LE REVOIR SOUVENT ...
ET VOICI LES DERNIÈRES INFORMATIONS ...
TOKYO (QUARTIER DE NAGATACHO)
CE MATIN VERS 11 HEURES
TRÈS TÔT CE MATIN, DES HABITANTS DU QUARTIER NAGATACHO ONT ÉTÉ ATTAQUÉS PAR DES GELÉES ...
TAQUES IMPUTABLES AUX GELÉES
MAIS D'APRÈS LES RÉSEAUX SOCIAUX, IL NE S'AGIRAIT PAS DES GELÉES QUI PROLIFÈRENT DANS L'ANCIEN BÂTIMENT DU PARLEMENT ...

OH ...
MAIS ...
...
VRRR
ALLÔ ! C'EST SAKAI ...
LE SLC MÈNE L'ENQUÊTE
...
DEHORS ?
FLAP
FLAP
FLAP

FLAP
L'ÉTAT D'URGENCE A ÉTÉ DÉCLARÉ, SÔSUKE !
FLAP
VITE !
FLAP
IL FAUT QUE TU RENTRES TOUT DE SUITE AU Q.G. !
FLAP
FLAP
QU'EST-CE QUI SE PASSE ?
FLAP
FLAP
LES GELÉES DU SLC SE SONT ENFUIES !
LES INFOS COMMENCENT À FUITER SUR LES RÉSEAUX SOCIAUX !
FLAP
ET LES DÉGÂTS ?
TREIZE BLESSÉS ET LE Q.G. À MOITIÉ DÉTRUIT

TOUT ÇA
POUR ÇA
...
ALLEZ, ON Y VA !
FLAP
FLAP
FLAP
FLAP
KANC
FLAP
FLAP

JE N'AI PAS
ENTENDU SES
DERNIÈRES
PAROLES.

FLAP FLAP
FLAP FLAP
FLAP
FLAP
ZYEUTE
...
J'ESPÈRE QUE MAMAN VA BIEN ...
BIIP
OH !

BIZARRE QU'ON NOUS ORDONNE DE DESCENDRE À L'ABRI ALORS QUE L'ALARME N'A PAS SONNÉ ...
BAH, C'EST MIEUX QUE D'ALLER EN COURS ...
PAS VRAI ?
...
DIS ...
Au fait, tu ne te décolores plus les tifs, Hiro ?

T'ES PASSÉE OÙ, FRANGINE ?
HAAAA
Tu serais mieux en roux !
IL PARAÎT QUE DES GELÉES ONT ENVAHI L'ABRI NUMÉRO DEUX !
NOUS NE SOMMES PLUS EN SÉCURITÉ AU SOUS-SOL !
BLA
EH OH !
ÉCOUTEZ-MOI BIEN !
BLA
NOUS ALLONS DONC REJOINDRE UN ABRI SITUÉ À LA SURFACE !
BLA
Hein ?
Quoi ?
BLA
ATTENTION, ATTENTION !
LE TRAIN POUR TOKYO VA BIENTÔT PARTIR
SHIN - AOMORI
VERS SHICHINOHE - TOWADA

5
NEWS | DES GELÉES ONT ENVAHI UN ABRI SOUS-TERRAIN
ELÉES ONT ATTAQUÉ DES HABITAN
JE DOIS VITE RENTRER ...
HEIN ?
C'EST GRAVE, ÇA ...
5
NEWS LE SLC A ADMIS LA FUITE
CE TRAIN S'ARRÊTERA À UENO ...

EN RAISON DE PERTURBATIONS CAUSÉES PAR DES ATTAQUES DE GELÉES, CE TRAIN NE POURRA PAS REJOINDRE SON TERMINUS À TOKYO
QUOI ?!
AAAH
Mais comment je vais faire ?!
UN BUS POUR TOKYO ?
上野駅 UENO S
KAAAAH
IL N'Y EN A PLUS, DÉSOLÉ ...
Plus que 1032 yens...
1000

DEMAIN MATIN, JE M'ACHÈTE À MANGER, JE RENTRE …
CHEZ MOI …
JE PRENDS MON BAIN …
J'ENLÈVE MES LENTILLES …
JE RECHARGE MON PORTABLE …
ET PUIS VOILÀ …
TOUT IRA BIEN.
ZWOOO
上野駅

ALLEZ, COURAGE ...
J'Y SUIS PRESQUE ...
歩行者
自転車
OUT KEEP OUT

HAA
HAA
HAA
HAA
HAA
HAA
HAA

HAA
HAA
HAA
SPLATCH
HAA
PLOF

Ma petite Kanon,
Nous nous sommes réfugiés à l'école primaire Oumé. Contacte-nous s'il te plaît !
Maman

IL PARAÎT QU'IL Y A DES COMBATS PARTOUT EN VILLE ...
TU LES AS VUS, PAPA ?
NON, MAIS MES COLLÈGUES M'EN ONT PARLÉ ...
ON DIT QU'IL Y A DES HORDES DE GELÉES TOUT AUTOUR DU Q.G. DU SLC ...
EN TOUT CAS, JE SUIS SOULAGÉ, KANON ...
DE TE VOIR SAINE ET SAUVE ...

TOUT ÇA, C'EST DE TA FAUTE, FRANGINE !
C'EST PARCE QUE TU ES PARTIE DE TOKYO ...
Mais qu'est-ce que tu racontes ?
ÇA N'A RIEN À VOIR AVEC KANON ...
GRKK
SI !
ET ELLE LE SAIT !
TOUTES CES GELÉES SE SONT ÉCHAPPÉES DU LABO DU SLC !

ET AU SEIN DU SLC ...
PEU DE GENS SAVENT MANIPULER CES CRÉATURES ...
ZWOO
NON ...
PLIC
NE ME DITES PAS QUE ...

C'EST HATSUHO QUI A DÉCLENCHÉ CETTE CATASTROPHE POUR RAPPELER SÔSUKE ?

LE SLC NOUS AVAIT TOUJOURS AFFIRMÉ QUE LES GELÉES ÉTAIENT INCAPABLES ...
D'ATTAQUER LES HUMAINS ET DE SE DÉPLACER SUR UNE LONGUE DISTANCE ...
20:45
ALORS, QUE S'EST-IL PASSÉ ?
DIS ...
T'AS PAS PEUR ?
SI ... EN PLUS, LES GELÉES PROLIFÈRENT ...
SOUS LA PLUIE ...

PAN
AH !
PAN
NON !
FAIS GAFFE !
PAN
Y A UN COMBAT EN COURS DANS LE COIN !
J'AI PEUR !
PAN

FSHH
C'EST FINI ?
NON, PAS ENCORE !
QUE PERSONNE NE BOUGE !
Est-ce que les gelées sont attirées par la lumière ?
J'en sais rien

...
C'EST LUI ...
JE LE SAVAIS !

PAN

PAN
TING
KANON ! ÇA SUFFIT, MAINTE-NANT !
TU VEUX VRAIMENT MOURIR ?!

L...
LÂCHE-MOI, MAMAN ! TU ME GÊNES !
BAM
BAM
PAN
JE NE VOIS RIEN !
PAN
TU M'EMPÊCHES DE REGARDER SÔSUKE !
POURQUOI TU ES COMME ÇA, KANON ?

DEPUIS TOUJOURS, TU AS ...
LE REGARD TOURNÉ AILLEURS !
JE SAIS QUE ...
TU ES ALLÉE VOIR LES DÉCOMBRES DE TA MAISON
JE VIS AVEC CETTE PEUR PERMANENTE QU'UN JOUR, TU T'EN AILLES QUELQUE PART ...
ET QUE TU NE REVIENNES JAMAIS ...

S'IL TE PLAÎT ...
KANON !
TA VIE AVEC NOUS ...
MA "VIE" ...
PAN
TU DOIS AUSSI LUI ACCORDER DE L'IMPORTANCE !

MAMAN …
J'ENTRETIENS UNE RELATION ILLÉGITIME AVEC SÔSUKE SAKAI
SÔSUKE ET MOI …
ON DEVRAIT AUSSI AVOIR LE DROIT DE VIVRE UNE VIE DE COUPLE …

MAIS ...
NE T'EN FAIS PAS, MAMAN !
SÔSUKE EST TRÈS GENTIL ET PROTECTEUR AVEC MOI ...
HEIN ?
ALORS ...
JE T'ASSURE QU'IL NE FAIT RIEN ...
QUI PUISSE TE CAUSER DU SOUCI ...

PAN
PAN
SPASM
NON ...
TU NE PEUX PAS ...
PLIC
FAIRE ...
UNE CHOSE PAREILLE ...
OH ...
MAMAN EST EN LARMES ...
VRRRT

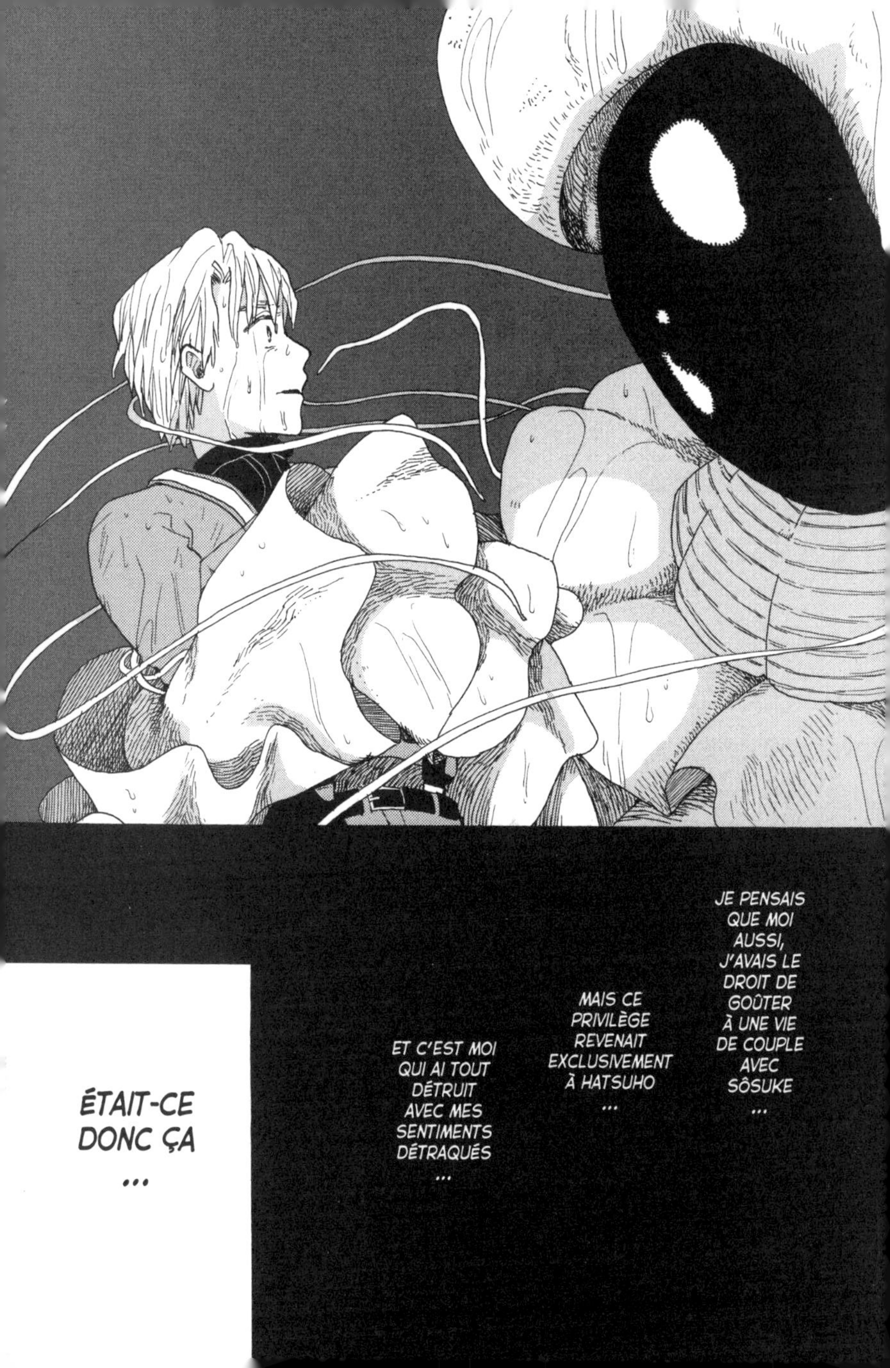
JE PENSAIS QUE MOI AUSSI, J'AVAIS LE DROIT DE GOÛTER À UNE VIE DE COUPLE AVEC SÔSUKE…
MAIS CE PRIVILÈGE REVENAIT EXCLUSIVEMENT À HATSUHO…
ET C'EST MOI QUI AI TOUT DÉTRUIT AVEC MES SENTIMENTS DÉTRAQUÉS…
ÉTAIT-CE DONC ÇA…

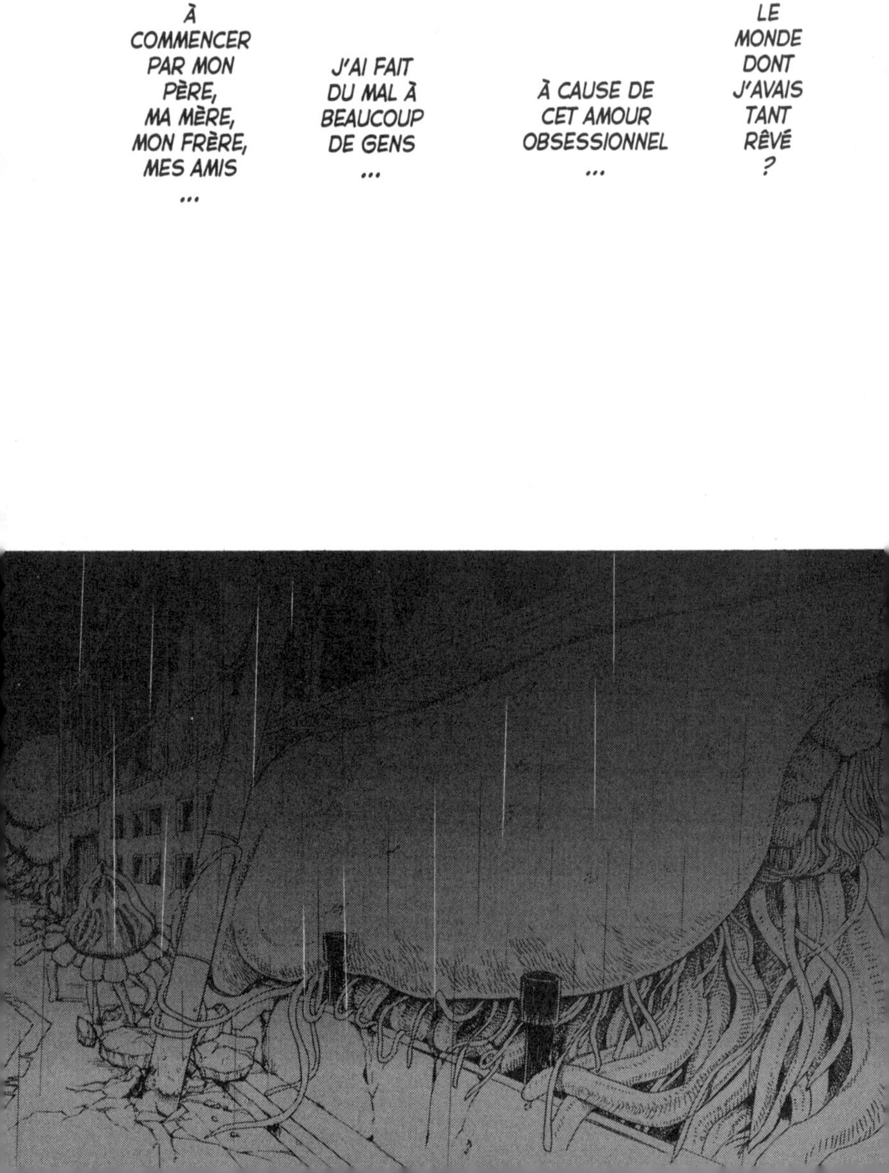
LE MONDE DONT J'AVAIS TANT RÊVÉ ?
À CAUSE DE CET AMOUR OBSESSIONNEL...
J'AI FAIT DU MAL À BEAUCOUP DE GENS...
À COMMENCER PAR MON PÈRE, MA MÈRE, MON FRÈRE, MES AMIS...

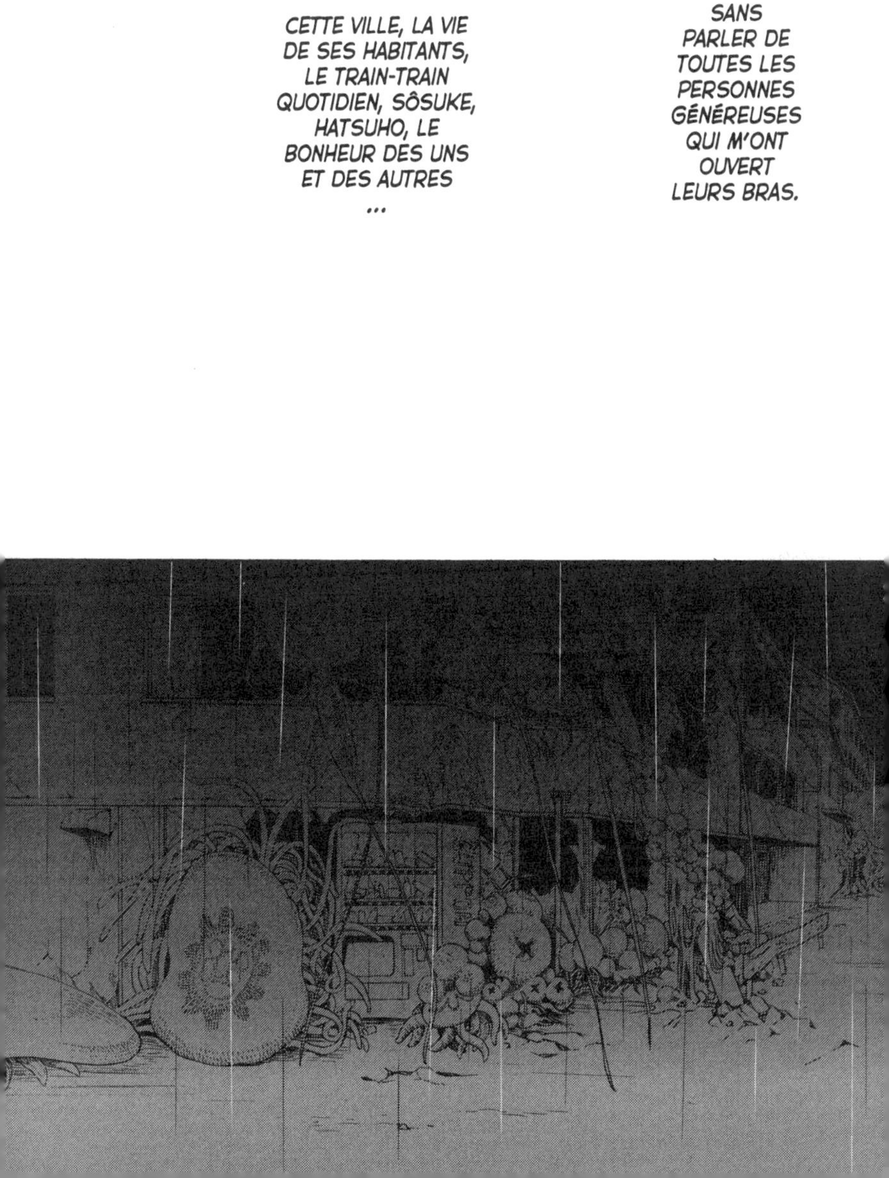
CETTE VILLE, LA VIE DE SES HABITANTS, LE TRAIN-TRAIN QUOTIDIEN, SÔSUKE, HATSUHO, LE BONHEUR DES UNS ET DES AUTRES ...
SANS PARLER DE TOUTES LES PERSONNES GÉNÉREUSES QUI M'ONT OUVERT LEURS BRAS.

KANON AU BOUT DU MONDE TOME 3 - FIN

KANON POURRA-T-ELLE SAUVER SON AMOUR ?

KANON
AU BOUT DU MONDE

AGEKU NO HATE NO KANON 3 by Kyo YONESHIRO

Original Japanese edition published by SHOGAKUKAN.
French translation rights arranged with SHOGAKUKAN
through The Kashima Agency.
Original Cover Design : Yasuhisa KAWATANI (kawatanidesign).

Dépôt légal : novembre 2019.
I.S.B.N. : 978-2-36974-361-3
Première édition.
Akata – 5, place Georges Bonnet – 87290 Rancon (France)

Traduction : Ryoko Akiyama
Lettrage : Florent Faguet
Maquette de couverture et logo : Tom "spAde" Bertrand

Imprimé en Italie en octobre 2019 par LEGO Print.
Diffusion : Interforum

Akata Éditions

www.akata.fr
www.akazoom.fr